# 凝视

周庆荣 著

四川文艺出版社

这片土地,从悠远时开始,只有懂它的人和热爱它的人,才能一路走过来,变成了今天的你我。

——《凝视》

# 目 录

代自序：凝视 / 001

辑一 象征的来临 / 003

隧道 / 005

烛语 / 006

启明星 / 007

篝火 / 008

日程安排 / 009

观众 / 010

空洞之思 / 011

星思 / 012

回归根本 —— 写给十一月 / 014

沉睡中的一根刺 —— 悼亡友 / 015

黄昏路 / 016

追星者 / 017

驱逐 / 019

雪夜 / 021
象征的来临 / 023
雨云 / 024
比较性 / 025
秋景 / 026
立冬 / 027
风筝 / 029
俯仰之间 / 030
恢复正常 / 032
反向思维：关于河床 / 033
需要宏观 / 035
对话录 / 036
目光 / 038
风使云具体 / 039
海水中的硬骨头 / 040
热爱蘑菇 / 041
静物 / 042
雾与真实 / 043
意志 / 045
根 / 046
蜗牛 / 048
雾的后边 / 049
悬疑 / 050

树桩独语 / 051
现象 / 052
月亮湾 / 053
不死之死 / 054
冬夜，湖畔看星 / 056
寻真 / 057
反季节 / 058
命名 / 060
冬天之轻 / 061
想起沉香 / 063
搁置 / 064
艾草 / 066
勉强 / 067

辑二 积极的主观 / 069

误判 / 071
暴雨之前 / 073
理想的步骤 / 074
举藕画天 / 075
积极的主观 / 076
转念之间 / 077
遛影 / 078

| | |
|---|---|
| 影问 / 079 | 空气浅思 / 110 |
| 幻影 / 080 | 红鲤 / 112 |
| 影人 / 082 | 过河 / 113 |
| 影响 / 084 | 火焰山 / 114 |
| 剪影 / 086 | 寓言般流动的河 / 115 |
| 弓影 / 088 | 沉香 / 117 |
| 影国 / 089 | 告别——致 2022 / 118 |
| 顾影 / 090 | 下一刻 / 120 |
| 影壁 / 092 | 眷乡记 * / 122 |
| 曚影 / 094 | 策略 / 124 |
| 反刍 / 096 | 鱼的梦 / 125 |
| 摇橹，梦里出海 / 097 | 与土地说 / 127 |
| 皂角树下 / 099 | 与天空说 / 128 |
| 错觉现象 / 100 | 与污泥说 / 130 |
| 蚂蚁在向上爬 / 101 | 与沙漠说 / 132 |
| 自属之物 / 102 | 与丛林说 / 134 |
| 大地的人格 / 103 | 与湖水说 / 136 |
| 正统 / 104 | 与黄河故道说 / 138 |
| 瞬间 / 105 | 与苍茫说 / 140 |
| 进行曲 / 106 | 与沉默说 / 142 |
| 暴风雨前夕 / 107 | |
| 水患 / 108 | 辑三　时间里 / 145 |
| 目睹 / 109 | |

蛇形路 / 147
"理"的作用 —— 写在嵩阳书院 / 148
祁山之后 —— 读《三国志》有感 / 150
或者 / 151
多米诺骨牌 / 152
蜡烛的悬念 / 153
谣曲 / 154
一场雪之后 / 156
长出来 / 158
曙光的正解 / 160
黄铜 / 162
陈旧 / 163
广阔 / 164
纹理 / 166
钟乳石 / 167
两难 / 168
时光 / 170
司田者 / 171
身体的变异 / 172
时间里 / 174
蝶变 / 175

第一朵花 / 176
执着 / 178
心灵史 / 179
两只眼睛 / 180
秋千戏 / 181
悖论 —— 写给故乡 / 182
留下 / 184
草堂问 / 185
石碑 / 187
古戏 / 188
乌木维纳斯 / 190
档案里的铁匠 / 191
梅花石雕 / 193
爆米花匠 / 194
扳道工 / 195
剧透 —— 电影《消失的她》观后 / 196
摇篮曲 / 197
然后 / 199
荒原的倒叙 / 200
陨星 / 203
涅槃 / 204
执着 / 205

一种宣言 / 206

时间差 / 208

天柱山 / 209

看不见的寓言 / 210

空白期 / 211

有根 / 212

代后记：格物、及物、化物及其他
——我的散文诗观 / 213

作者创作年表 / 215

代自序：

# 凝 视

要在秋天第一枚落叶前凝视。

长满事物的大地，在一起时是丰富，各自看上去，又个性生动。

长得高大的，可以抬头凝视。长得矮的，应该躬下身子，一边抚摸一边凝视。在南方的一片草地，一场小雨后，匍匐的草，每一片叶子上都有闪光的眼神。不能忽视它们，更不能任性践踏。

从一块空旷的田野上看到收获已经完成，从繁华又高耸的建筑看到每一块砖石的存在和那些砌砖的人们。

千万要凝视。

这片土地，从悠远时开始，只有懂它的人和热爱它的人，才能一路走过来。

变成了今天的你我。

凝视它，直到看清楚它内部的深沉、滚烫的体温和心跳。

2022/08/30凌晨　未来园

我们都是见过大海的人，心中都有过一团火。
　　　　　　　　　　　　　　——《篝火》

破土而出的觉醒，我们没有办法拒绝。
　　　　　　　　　　　　——《沉睡中的一根刺》

这苍茫的人世，你一定不能以为只有自己醒着。
　　　　　　　　　　　　　　——《对话录》

风一旦发挥作用，人间的上空就会万象生动。
　　　　　　　　　　　　　——《风使云具体》

从生长的方式看待生命，最慢的速度也好于坐以待毙。
　　　　　　　　　　　　　　——《蜗牛》

# 辑一 象征的来临

# 隧道

这复杂的地理,请给我一次直线的抵达。

与从容的散步不同,我可能要实现真正的曲径通幽。

曲,表达有误。

幽,是必须的。

隧道,属于技术。暗度陈仓的技术。

上面,或许是洪水猛兽,或许是泰山压顶。

直线的穿越,仅仅是体内的呼唤吗?

时代的地理也对我提出同样的要求。

从甲地到乙地,从现在到未来,从苦难到幸福,从蹉跎到希望。

隧道,能够战胜这复杂的地理。

是的,我听到深壑那边的山峰上传来了她的歌声。

我确实想为爱唱和。

我想说明的是,正是爱,让我的抵达需要一次直线。

迅雷不及掩耳?隧道,是地面上的道阻且长。

暗暗地,鼓足干劲地穿越。

这地下之旅。

这斩钉截铁的抵达。

2021/07/31凌晨

# 烛语

既已点燃，就让它燃烧到底。

无人能熄灭它，因为我的灵魂不能暗淡。

烛芯被蜡簇拥，像我身处俗世，一直在分辨究竟会是什么样的力量，属于禁锢之物。

蜡烛亮了。

何人点燃？

烛芯仿佛我灵魂的主心骨，每当生活中需要光，我就自燃。

火焰的根部，液体的蜡一边供养着烛光，一边将富余的情感溢出。

那只是烛痕，不能是泪。

烛光照亮了我的房间。每个角落都不黑。

当我偶尔呼吸急促，火苗摇曳。

虽是一烛之火，也要稳定地燃烧下去。直到蜡柱慢慢变矮。

最后的结果不是灯枯油尽。而是我的灵魂终于燃烧到底。

它和着光，即使在最后的时刻，也拒绝同尘。

2022/11/20 凌晨

# 启明星

在夜色中坐久了，我需要被启明。

满天的繁星，它们在天空拥挤着发光。像是人间睡着了，万家灯火集体向上迁移。

我真的无法记住每一盏灯的名字。

启明星，你是星星中最亮的。你是众星之星。

光，所需的要素，你体内都有。

光，奔跑时需要的技巧和耐力，说起这些，你是群星中伟大的天才。

神秘的东方，有一道光。

它从启明星那里出发。当我看到它，它已走了多远的夜路？

在夜色中坐久了，启明星，请将我启明。

我一夜无眠。我是夜晚的过来人。

你一来，我准备扩胸、伸臂。

我要拥抱黎明，去热爱我能够看得清楚的——

人间万物。

2022/11/11 凌晨

# 篝火

结实的木段锥形地支撑在一起。

一支火把从它们的心脏部位点燃,初冬微凉的午夜,篝火照亮了远郊的旷野。

不再年轻的几个老兄弟,围火而坐。

火苗闪耀着挑逗我们含霜的鬓发,我们看着彼此,每个人的额头有了岁月的皱纹,噼啪作响的篝火魔术师般地把它们变成温暖的海浪。

我们都是见过大海的人。

心中都有过一团火。

如今,在初冬微凉的午夜,我们围火而坐。

篝火等来了我们。

我们听燃烧的声音,是的,午夜在远郊燃烧。

有人取出酒。好兄弟们,举杯,可以一醉。

篝火慢慢变小,旷野安静。

我们感觉到了彼此的心跳。

我们的心跳动在远郊的旷野,在微凉的初冬的午夜。

等到每一粒火星都熄灭,我们起身。

我们回家。

2022 / 10 / 22 凌晨

# 日程安排

秋天之后，情形就不一样了。

风，会主要从北方吹过来。因为温度一直向下，冰冻即将让形势变硬。

仲秋的一个子夜，大雨击打桐叶。

在秋天结束之前，我要做一个日程安排。

不是被动的那种，而是秋高气爽，随心所欲。

去北方的田野，看成熟的高粱和向日葵。

高粱红了，向日葵老了。

北风即将呼啸，谁在吟唱理想主义的挽歌？

秋雨把天洗亮的时候，我给这次日程安排加了备注。

秋收的见证者，他要心旷神怡。

2021 / 09 / 06 凌晨

# 观众

黄昏时的火烧云,将开启夜幕。提前离开的观众,看不到下面的夜色。

经验丰富的观众,只看。绝不会赤膊上阵。

有些情节不忍目睹,观众在咬紧牙关。弱者在情节里呐喊,观众在沉默。

有一天,沉默的人也会忍不住喊出声来。

观众是另一拨人。

一次夜深时我开着车,车灯下的路前方,一只大刺猬带着一只小刺猬,在缓慢地通过路面。我踩住刹车,看它们走到路旁的草地。小刺猬在前,大刺猬在后。

我是这一幕的观者。

当车子再次行进,我思考着如何合格地做好一名观众。耐心和让人疼痛地对另外生命的尊重,以及永远不能觉得眼前的事情都与自己无关,它们是观众须知?

2023/07/14凌晨

# 空洞之思

地理上的一次深深的凹陷,凡是可以图解的现象,它不足以证明空洞就是这个模样。

现代性对往事的强势,那些遥远的发生仿佛苍白的空洞。

仲夏午夜的草地上,一只小小的萤火虫让我的童年突然地亮了起来。

童年以后的时光,快乐和痛苦交织,刹那间,竟有许多细节网状地臣服于时间之纲。

还能说遥远的发生已经如空洞?

尤其是人们逐渐习惯在往日的缅怀里避难。

"现实感,应该拒绝空洞无物。"

爱过、恨过,也曾努力过,每一个人都是生活中的一个钉子,拔出来,就是一个新的空洞。

"但是,爱、恨和一个人的努力,它们把空洞填满。"

2023 / 07 / 19 下午

# 星思

童年时的夜晚，常躺在谷堆上望天。满目繁星。

大人们说，地上一个人，天上一颗星。我经常找啊找啊，太亮的不敢让它是我，太暗淡的似乎自己又不甘心。整个童年，都没有在星空中找到自己。只记得萤火虫在谷堆旁边飞。

后来的时光，就只顾在地面上行走。

认真地走，小心翼翼地走。在已经铺好的路面上走，也走过荒芜。

好久不去看天了。

繁星璀璨，或者星空寂寥，已被人间的万家灯火代替。

在这个多雨的八月，在庞大的空间被洗刷干净的午夜，我在齐岸的湖水里看到群星摇曳。

我要看天，在漆黑的午夜，在花甲之年。

谷堆没有了，萤火虫早已飞失。

星空真美。

人间的天花板上缀满了灯饰。

哪一颗星都可能是我,哪一颗又可能都不是我。

看着看着,双目有雨滴下。

随便哪一颗都行。而且,它要钉牢在天幕。

我在地面还要继续走,它不能轻易坠落。

2023/08/08凌晨

# 回归根本
## ——写给十一月

每个字都是证据,写下它,后来的生活或围攻或簇拥。

灵魂的死者,证据黯淡。

我要字词都活着,并且闪亮。

"我是自己的证据,随后漫长的时光,需要今天的一切去服务。"

小草疯狂生长的时候,割草机就会到来。从十一月开始,小草的叶片将主动变黄变枯。

它们生长的证据要在泥土中寻觅。

在现在时和未来时中间,先要注意到泥土中的草根。它们和蚁穴、蚯蚓犁出的沟终于亲近,呼吸所需要的间隙,泥土中都有。

十一月是时间的间隙。热爱生活和认真生活的人们,他们的证据将慢慢被盘点。

喑哑之声代替嘹亮。

一如小草从茂盛转向根的呵护。所以说,十一月,事物与我,回归根本。

2023/11/01 下午

# 沉睡中的一根刺
## —— 悼亡友

初冬,最好安放死者。

落叶飘飘而下,金黄的挽歌适逢其时。除了已经死亡的,还有那些正在死去的,初冬,为它们赶来。

错过了草木的青春,这不是万物生长的季节。

而是休整,而是即将到来的冬眠。

亡灵也需要好空气。

活着的人,来吧。

我们一起站在秋的回味里。

像树木的腰杆子,像干燥的石头。

霜的文字,雪的文字,冰的宣纸,初冬,大地开始干净。

还没有来得及写下的,就交给沉睡。

沉睡中的一根刺,让笋扮演。

破土而出的觉醒,我们没有办法拒绝。

2023/11/18下午

# 黄昏路

黄昏时的霞辉与清晨的并没有什么不同。

太阳向下和它正在升起,这是否是最本质的区别?有人出发即丢了自己,有人回家如同继续向前。

黄昏路,残柳上结满了风。

风啸啸,马嘶嘶,人寂寂。

不末路狂奔,不日暮途穷,在黄昏路的逻辑里安静。

看这条路的远处,丝带那样地在晚霞中飘。如果它一定要随夕阳西下,瀑布泻下山谷。山谷的漫漫长夜,有湿漉漉的水,关键是水声告诉我们,夜的深处,依然有无眠的。

黄昏路上方的天空,飞鸟一只又一只地还巢。

我要接着朝前走。

披星戴月地走,不舍昼夜地走。

足音的节奏,就当作是夜晚的心跳。

2023/11/21凌晨

# 追星者

白天，人间的明星都分散在田野里，禾苗的生长让他们的瞳孔发出劳动的光芒。

多日以后，一部分收成走进他们的谷仓，更多的，则属于分享。阳光照耀大地那样地分享。

享有者，站在风格各异的地形。他们中有的是方式不同的劳动者，有的是管理劳动的人。

灰椋鸟衔着黄昏最后一抹云霞，飞向旷远的未知。留下我，向天空凝望，向更深的夜空望。

快到仲秋时节，夜空爽朗。繁星聚会的景象令在地面上仰望的我精神激荡：每当夜色降临，光明者便如同过节。

据说，每一颗星星都是人间曾经的一个灵与肉。只是，不是所有的肉体都可以上升，许多是要下沉的。

此时的我，认真寻找那些即使在高处也在眷恋人间的星星。一些星星自比太阳，一些星星因为从此不食人间烟火，就清高自乐。

我看到不多的几颗星,散发出的光芒让我想到布满血丝的眼睛。

他们是真正爱着人间的人们,它们是他们爱的继续。

当田野之外的明星们在社会中热闹的时候,我做一根独立的骨头。

难道,我也是一个追星者?

2021/08/26凌晨

# 驱逐

照例是在凌晨，打蜡的地面摩擦出步伐的声音。

防滑、平坦，吊灯下还会净可鉴人。

脚下的是叫路吗？

泥泞、坎坷，或者布满沙砾，蹒跚、跋涉与困顿，我习惯了那样地去行走。

很多人顺着阳关大道走远了，羊肠小道反而格外安静。

我在装饰好的地面来回走动，是在驱逐足音的被确定？

我扶膝坐下，想起五十年前我的爷爷逼着我穿过夜色中的坟岗，他说男人的胆量要从娃娃练起。我真的越走越从容，把一座座坟看成是起伏的山峦，偶尔也会把它们当成另一种村庄。

因为经常在夜深时醒着，我一边喝着烈酒一边踱步，脚步拖沓而迟滞。

当我把烈酒一干而尽，我想驱逐一些什么。

沧桑是驱逐不了的，人性里那些暖的和真诚的，我一定不愿驱逐。

我想把半个世纪的经验赶走,把那个无知者无畏的孩子找回来。

千山万水当然不能用来驱逐,它们应该用来走进并且拥抱。

把爱驱逐属于虚伪,把恨赶跑需要勇气。

圆滑、懦弱和所谓的与世无争,我是在画地为牢吗?

我要驱逐的是我自己?

路漫漫,重新修远?

2021/09/05凌晨

# 雪夜

午夜，雪停了下来。

这深刻却透出自然之光的世界，一分钟前我感受到的冷，迅即被我留在雪上的脚印驱逐。

我是留下第一行脚印的人呢。

天空中的星星似乎比我更冷，它们躲了起来。我如果仰头，只能看到厚厚的云雾，像臃肿的羽绒服给冬雪之夜的星星取暖。

我在雪地上向前走了两千五百步，返回又是两千五百步。

仿佛五千年的历史被我在雪夜完成。

曾经以为过去的已经过去了，雪夜的脚印让我意识到历史是可以往返呢。

每一个脚印都是岁月中的一次存在和一次努力，爱也是它，恨也是它。

平静的是它，动荡的也是它。

冷的是它，多走几步，能够在雪夜暖起来的也是它。

它们仅仅是雪夜里的一次往返？

洁白的纸上，雪野如历史的苍茫。

我留下的脚印已经与我无关，它们是时光里的民生。

星星睡着了，民生醒着。

凹陷的脚印，绝不是雪地上的伤口。

它们是人间的行走。

身体一热，温暖就重新回来。

2022/01/22凌晨

# 象征的来临

北方的冬天,风拐了一个弯,把地面上不同位置的落叶拢在一起。

这些枯透的,踩上去会发出脆薄声响的叶子,聚拥在背风的墙角,阳光晒出温度,它们相互簇拥。

大小胖瘦的叶子,翠绿时站在不同的树上。

它们各自陌生,服务于不同的树干和果实。

象征的时候已经来临。

枯叶晒着太阳,嫩芽、绿叶,叶间的花和后来的蝉鸣,如果回忆,它们必有灿烂的内容。再后来,就是被喜鹊率先发现的果实,它们证明了每一片叶子曾经的努力。

象征是多义的,我只取其一个。

枯叶的规律后,现实中的万物将会重新生长一次。

2021/12/25 中午

# 雨云

一整块云装满了雨水,这重重的容器,为何不会一下子摔向地面?

从无数烟囱冒出来的热气,从土地深处溢出的积攒已久的温度,还有更加不可忽视的人间的呼吸,这些富有内涵的空气足以托住自上而下的沉重的雨云。

云所兜住的水,于是化整为零,变成雨滴的各自突围。

滂沱成河是一种结果。

润物细无声,是一种结果。

至于冰雹,那是云里的态度还带着生硬。

至于雪,那要等到人间换了气候。

2022/06/14凌晨

## 比较性

我记得西部的一条山脉,它的南侧草木葱茏,山坡上有羊、马,牦牛。

山脚,数顶毡房。毡房里住着牧人。

我也看见了这条山脉的另一侧。

山体满含矿石的元素,太阳一晒,发出红色的、黑色的与土黄色的光芒。

正是这样的反差,让我更加深刻地认识一条山脉。

2022/01/08下午

# 秋景

小风一吹，一枚银杏果就落在他的身边。

秋分过后的北方，树叶全部的努力就是不让自己落尽。同伴们飘着向下时，有的梨花带雨，有的抓着残留的阳光。

落下的银杏果已经与树无关，走过的路人也熟视无睹。

所以，这枚果子与他同样无关。

许多人被果实砸疼，许多人最终两手空空。

他站在一棵银杏树下。

秋分时节叶片金黄地落下。一枚银杏果也落下。

他是谁？

一个过路人，一个在某个春天栽下这棵树的人，一个认识到假如果子不被捡起就与枯叶无异的人。

他还可能突然看到银杏树骨感的结构拱卫着一只鸟巢，树叶落尽，鸟巢清晰。

因为这个小小的单元，在秋凉中，

他让自己不再继续冷下去。

2021/09/28下午

# 立冬

风与雪给这个寻常的日子背书。

立冬了,所以我不能再抓住秋天不放。

冰天雪地和凛冽的寒风将会是常态,在湖水结冰前,我要有所准备。

买足整个冬天取暖需要的燃气,厚实的衣服和围巾也要从衣柜中取出。

是怀念秋天呢?还是对冬天的环境严阵以待?

立冬的这个午夜,我在户外散步。

一场风雪让温度断崖式地下跌,我竖起衣领,感觉自己依然是一个有温度的人。

立冬之后,北风会经常呼啸。

雨夹雪与天寒地冻,是下个季节的内涵。

也是人间的基础测验。

我的体温不会结冰,至于人性中的冷,我把炉火烧旺。

燃烧，是一切寒冷的天敌。

如果有人担心柴火会烧尽，我想告诉他可以允许冬天进入高潮，因为冬至之后就是立春。

风霜雪雨后，草木自会生长。

这是我在立冬的午夜从容散步的理由？

2021/11/08凌晨

# 风筝

理想主义的风筝,也要有一根现实的线。

我想做绝对的理想主义,所以,线必须断。

这个教训是多么深刻啊,风筝一头栽下,嘴啃泥的滋味让风筝明白,要有人站在地面,站在地面的人手牵着线。

风筝,在天空。

理想主义,在这样的条件下,才高高在上。

只有立足于现实,理想才能成立。

可是,如果风筝正常地飘在天空,风筝会批判大地?

大地上的事又怎能万无一失?

每一个人,在他们知晓地面上纠缠不清的事实之后,他们要学会放飞属于自己的风筝。

一些事物高于人间,高于世俗。

风筝高高在上,我握着它的线。

从理想主义开始升高的风筝,妥协是它的宿命,壮烈,也是它的宿命?

2021/08/14凌晨

# 俯仰之间

千万块石头一匍匐，有一只鹰就在山顶俯瞰着我了。

"如果我有一双翅膀，我也会和你一起在山顶，看着山下。"

这样的冲动很快平静，我只是一个山脚的游客，很久很久不登高了。

无意登高的人，只随意走走。

三两只羊在路边吃草，一群鸡在庄稼地里扑腾，安宁的人间，每一个细节都心跳那样地生动。

可以仰望，但，不在仰望中丢失自己。

山顶的成立，是因为千万块石头的匍匐。

与匍匐不同，我站立。

山顶的那只鹰改变了姿态，它展开双翅，在山顶的上方盘旋。

我望着它，想起童年放风筝时的情景。

难道我早就习惯了仰望？

望天空的空旷，望天空中不时变幻的风云，望月望繁星，望正午炽热的高高在上的太阳。

"咩咩"的羊叫声让我停止恍惚。

在山脚和庄稼地中间,一条小路蜿蜒着向前。

老鹰如果还在俯瞰,它看到一个人正在行走。

这个漫不经心地在行走的人,或许也是认真地在赶路的人,他应该是我。

2021/08/31凌晨

# 恢复正常

寒风中有人在打喷嚏。

天,说冷就冷。第一片叶子落下枝头时,没有人在意。

叶子落光了,似乎也只是到了叶子该落的时节。

不少鸟南飞,人群没有挽留,也只是想着鸟似乎应该飞翔。

第二天起早的人们,发现枯黄的草叶上不再是露珠,而是一层薄薄的霜。

也仅是露水改变为冬天的态度?

直到湖水结冰,混合的坠落之物代替了波浪的秩序。

而北风进一步凛冽。

冷的人,或以运动热身,或以劳动取暖。

我用羽绒服、围巾和帽子,用这些柔软的防寒物制成铠甲。

我为自己没有运动热身和劳动取暖而羞愧。

我做得最好的就是让自己的行走更像是散步,从容地散步。

此时,总有人正在围炉而坐。

外边的温度,只是零上和零下之别。

他们对生活空间的认识,无非就是室内和室外。

"史书中那些执意让人群冷的人,就罚他们变成柴火。"

一想起数年前我曾经写过的这句话,我的心情就反转过来。

2022/01/03午夜

# 反向思维：关于河床

高处下来的水，运动如刀。

我所见过的河流，最初只是柔软者一边聚集着奔跑，一边在土地的胸脯上划下伤口。

从不喊痛的土地，身体进一步下切。河水下面漫长的存在，成为每一条河流深刻的河床。

水，终于按照规则流动不息。

把伤口转变成血脉，土地的意志让我认识到什么才是真正的生命的哲学。

自由的水并非总是喜欢河床的制度，它一膨胀，大地上就会因涝而泽。高粱和玉米仿佛水中的芦苇，八哥鸟被鱼鹰赶走，手握镰刀的农人，撑篙而行。

旷野上如果吹来一阵风，水波起伏，曾经的河岸露出脑袋，如同落水的人。

是啊，最柔软的人们偶尔也会进行最恣肆的抒情。

凹陷、沉默的部分，河床的承诺使得河流保持着常识里的稳定。

也就是说，水将回到水。

血脉是人体的纲要，血管如床如岸。

我之所以不主张河床也要反向思维，是因为平缓的或起伏的土地，暗流不妨尽量地少。

河水在河床上敞开地流淌。

水中有鱼，有行船。

两岸之外，一望无际的稻谷与丰富的人语，它们才是生活真正的河床。

2022/04/08下午

# 需要宏观

再多一块石头,就能填满这个缝隙。

我重复了两遍,左右脚踩在缝隙的两侧。第三块石头放进去时,空隙反而更大。

左右各有力量,方向向外。缝隙如堑,我的双腿下移,一字撑那样地试探腱的柔韧性。

我要有所行动,否则就是第四块石头。

我把身体的重心放在右脚,位置回归到缝隙的左侧。

保持一个站位,不能双边都两全其美了。

许多时候,缝隙只是一种幻觉。

我脚下的土地坚实,车辙可见时,它是路。

粮食的出发处被称为庄稼地,隆起的是山和高原,水流动的沿途,土地凹陷为河床。

宏观的土地,它是辽阔的美学。

2022/07/09 凌晨

# 对话录

深夜,在旷野中一站,你就是和星星有关系的人。

记住:星星不是跌落下来。它们只是垂直泻下。

而且,每一颗星绝非箭镞,摩擦着人间的空气,发着光射向正在漫步的你。

你认真看星,如果此刻你正在黯然神伤,总有一颗星想明亮起你的意志。

你的独特的意志。

这苍茫的人世,你一定不能以为只有自己醒着。

星星彻夜不眠,是天灯,也是你头顶的方向。

遥远的事物在发光,你独自站着或者行走,还担心近处的阴影会黯淡了自己?

星星说:我的邻居一个比一个明亮。

你如何回答?

身边的树一棵比一棵更像影子?在树的眼里,你只是又一棵树。在夜色中。

你真的不能告诉星星你是一棵树,麻木在夜幕中。

那样,会有一颗星箭镞而下。

所以,你注定不能与树为伍。

所以,你的瞳孔要接纳星光的启明。

在深夜里醒着,脚步真实,头一仰,就可以和星星对话。

一颗星一句话,然后你就到了自己的黎明。

2022/08/24凌晨

# 目光

不再简单地把自己看到的称为外部世界。

告别千篇一律的惰性,目光所及,每一个事物都有了它们各自的名字。

许多人在一起,不能笼统地叫为人群;

许多花在园中开放,起码要听懂百花的语言;

庄稼和经济作物,我应当说出地下的马铃薯、地瓜和藕,也能够立即被麦芒和稻花感动,明白高高的高粱和向日葵在田野上的象征。

如果还想让自己的目光如炬,就纠正从前的走马观花。

看清楚大地上每一处细节。

它们是我行走或停顿时的风景,也是我生活的邻居。

我要以爱的方式尊重它们。

尊重大河与小溪,尊重隆起的和平坦的大地。目光一扫,就知道它们的名字、别号和昵称。

目光里的风雨雷电对应人间烟火,目光和目光相遇,每一个意气风发,每一个饱经沧桑,我都会用眼神向他们致意。

2022/09/05凌晨

# 风使云具体

其实,风云经常际会。

老空气不时地有了新态度,更高的天空和地面上的目光,它们之间时而清晰,时而模糊。

面积过大的云,有压城的力量。

分解后的云,有的温柔如棉絮,有的仿佛马的驰骋或鱼的游动。

从树梢和发丝上被觉察的风,将厚重的云幔吹成形状各异。

野生动物、家禽和海洋生物,甚至是我们熟悉与陌生的脸,它们一起云状地徜徉。

至于云热时为雨,冷时为雪,那只是人间的冷暖到了高处。

我喜欢具体的云。

鱼鳞状的云,天马状的云,龙腾虎跃状的云,还有更多不可名状的云。

感谢风,让乌云不可密布。

风一旦发挥作用,人间的上空就会万象生动。

规模的云,因具体而异彩纷呈。

我们说起天空,要想到风。

规模的存在,一定会被具体。

如同天空充满万类,人间也将姿态丰饶。

2022/09/07 凌晨

## 海水中的硬骨头

烈日下,海水里的咸彼此相认。

凝结后,它们有的像雪花,有的如珍珠。

在苏北的海滩,海水和海岸组成一片缓冲地带。

海水里的其他味道,我已经在生活中有了感受。所以,这次我只看盐,看咸被集合后的壮观。

海水广大而柔软。

我相信自己看到了海水中的硬骨头。

就是这样的硬骨头,持续不断地支持着我们的生活。苦难或幸福,我们都能够让自己有滋有味地生长,未来即盼头。

海水深处也有其他的坚硬。

比如暗礁,比如水面下的冰山。

它们仅是海洋地理。

当咸从水的柔软中走出,我看到盐。

看到了海水中坚硬的精神。

2022/09/27 凌晨

# 热爱蘑菇

泥土中冒出的洁白的肤色,因为太像蘑菇而得名为蘑菇。

没有什么是不可能的。

一片空土,蘑菇诞生。

肌如凝雪的诱惑,有理想那样的力量。

不能破坏,不能摘取,不能质疑。

从昨天到今天,一片空土长出一片蘑菇。

这是大事。

它们在地面羞涩地裸露,生活被象征得少女一样地美好。

我要认真地热爱蘑菇。

它们没有石头那样地硬,不像云那样柔软。

它们是人间充满弹性的肌肤。

2022 / 10 / 17 凌晨

# 静物

冬日的下午。
庭院中的一块石头依旧沉睡。金黄的落叶覆盖着它，阳光一照，勋章一样地别在它的胸前。
北风呼呼地吹，这块石头纹丝不动。
它是我眼中的安稳之物。
随四季而变化的那些事物，只为了让春夏秋冬更容易被辨识。
石头的祖籍，我曾经到过那里。
我在最高处看过日出。我赞美过的那座山，叫泰山。
四季交替的时候，沉睡是最好的坚定。
静物的语言是无声的。
如果敲击它，人们听到的是金属的质地。
敲猛了，它会发出几粒火星。
最终，它还是要固执地安详。真的就是稳如泰山。
这沉睡的静物，也会是醒者的对比和参照。
蚂蚁在它身上爬行，蝴蝶在它身上驻足，蚯蚓在它的身下。
也不过就是静物与蚂蚁、静物与蝴蝶、静物与看不见的蚯蚓。
我在它的边上，也只是一个稳固的静物和站立的我。

2022/11/12凌晨

# 雾与真实

松树,从未因为云雾缭绕而不是一棵松树。

它在山之侧,赶山的人经常驻足。

都说山里雾多,其实别处又何尝不是。当口中的语词雾一样地变幻,我会禁不住思考每一个词语的出处,和词语所要抵达的目的地。

说到这棵松树,缘于我的一次清晨时的登山。

山径,只是从雾到雾。

区别在于,每走一步,雾就会高一些。

这棵能够说明生命和石头关系的松树,如果不是走近,也就是一片雾。

直到我站在它身旁,看到它的枝叶湿润中青翠,它的躯干依然历史那样地遒劲。我想自己看到了雾中事物的本质。一枚枚松果当是本质的精华,它们刚具形状,顶端披着金黄的缨。

恰巧吹过一阵风,雾中发出婆娑的声音,细听,感觉到些许的凛然。

这样的声音,是松树的语言。雾,是哑的。它只停顿在缥缈的现象中。

下山的时候,阳光晒干了浓雾。

我清晰地看到了这棵松树。

它本来的模样和雾中的模样,都是松树。

真实,可以坚守。

笼统的雾状的叙述,最终无效。

关于那次登山,我记住的不是云雾。

而是一棵松,雾里雾外都挺拔的一棵松。

2022/12/12凌晨

# 意志

波浪被冰盖住，湖水休克在冬天。

冬至时节的北方，自然的表象下，尤其需要意志的神启。

目光中的细节，要对应眼眶里湿润后的感动。

意志一旦柔软，就不再是铁打的神话。

它与任何形体都能合身，让不起眼的人群，瞬间伟岸。

无形的空气、看不见的水，和每个人夜深时的独坐，意志的分布正在由单一至广泛。

就说园中那棵掉光了叶子的樱桃树吧。

没准水正聚拢在它的根部。

它的根和水一起蛰伏于冻土的下面。

春天到了，一棵樱桃的意志就是满树繁花。

那些无坚不摧的、那些咬紧牙关的、那些经受电火之击而依旧不服软的，它们确实是记忆中令人钦佩的一组词汇。

从被冰统一的波浪中看到鱼群，从两片云中间看到光，从种子发芽前看到水。

一群燕子在寻常的屋檐下飞。

意志有巢，它是存在的契约。

2022／12／24凌晨

# 根

在春天,一个人要面对许多花的开放。

孤独或者密集,花枝招展只是它们的表现形式。冬天之后,人们能感受到的春天的温度,花也一定能感知。

遥远的蜜蜂和彩蝶正在赶过来。

是根,率先觉醒。

一种力量从土壤深处催生,绽放之前的秘密属于每一种花的本质。

直到蜜蜂找到油菜花,直到彩蝶站在郁金香的花蕊,本质钻出地面,春天赋予它们各自的名字。

花是有根的。

春天也有根。

随季节与随日常而至的景象,让人迷恋,让人忘情。

大好春光里,人们怎么能继续无动于衷。

一个人因此要面对无数种花的开放。

被选择、被走近的花,它的本质藏在于无声处。

如果我被感动,不仅仅因为花。

当我说出一朵花的名字,我想的更多的是它下面坚持到春天的根。

它的本质,咬紧牙关那样地咬紧泥土。

我眼中的花,不是根简单的重见天日。不是本质轻浮的扬眉吐气。

它是有根之物必然拥有的春天。

是深藏不露的本质呈现出它春天时的模样。

这是根的胜利。

2023／03／10凌晨　阅江楼

# 蜗牛

蜗牛用它的黏液铺设道路。

垂柳如风,摇摆时的晃动没有影响它朝着一个方向持续地努力。

当我想慢的时候,蜗牛及时地出现在我眼前。被一声咳嗽惊醒的小鸟,箭一样地飞开。五月,是生长的季节。有人说:在所有的速度中,念想最快。

而蜗牛不懈的爬行感动了我。

它真的好慢。

我好奇于它待在原地与换一个地方的区别,是因为觅食的鹰隼?

如果确实如此,它的速度是不足以避险的。

这是一个风和日丽的季节,环境回归太平。

它缓慢地爬,一毫米一毫米地爬。

爬出关于速度的相对论。爬到我突然悟到的生命的意义。

那些快的,是一种运动。

蜗牛,用它的慢,解释着自己不能简单地原地踏步。

从生长的方式看待生命,最慢的速度也好于坐以待毙。

2023/05/02凌晨

# 雾的后边

凌晨的雾,妖精一样地柔软。她不彻底地屏蔽我的目光,又让我的远方只能朦胧着。

我的远方不远,就是眼睛里的一点亮。

我的远方也不宽泛,就是想盯紧那颗星。

在雾弥漫的时刻,那颗星没有睡去。它醒在人们的梦中。

我也醒着。

雨水丰富的五月底,等待七月流火去晒干。

而我在柔软潮湿的凌晨,等待雾与雾之间的一个缝隙。

目光射出去,射向启明星。

夜晚漫漫,而光明更长。

雾很快合拢、交叠,它们不再是障碍。

启明星一直在。醒着的人已经看到。

确实有许多人沉睡不醒,但启明星一直亮着。

"大地和天空间的爱,需要互相注视。"

"真正的注视,需要一次彻夜无眠。"

2023／05／30 凌晨

# 悬疑

是鹰的翅膀把雷声扇落人间?

仲夏的晌午,雷雨前夕,一只鹰在天空飞翔。

乌云在它的上方,乌云也在移动。

这庞大的、里面装满雨水的乌云,要把雨下到哪里?

鹰在快速地飞。

每一声雷仿佛战鼓,鹰是一个战士吗?

我是这个场景的目击者,想给这份悬疑做出回答。

快速飞翔的鹰,是天空中的一位父亲。

它要赶在大雨之前,回到巢中。

它会叼起它的孩子。

在雷雨交加之时,孩子将安然无恙。

我这样去猜测是否会让天空中少了一位勇士?

还是与在雷雨中搏击的勇士相比,一位平凡的父亲更加符合人间的需要?

2023 / 06 / 27 凌晨

# 树桩独语

他们伐去我向上的部分，头颅以及腰身。

栖息过百鸟的树冠，叶片间曾经的相互致意，如今，只留下树桩的伤痕。

他们不知道的是，我的内结构依然是残存的力量。

根须默默地下扎，忍住土地深处的泪水，只让湿润营养我。

几十年站立着的挺拔和枝繁叶茂，往事不必再提。

成材已被他用。

我以向下的方式继续活着，如果再次向上，我会从一株幼苗重新活过。

像人间的一个孩童。

再遇到春天和春天里的雨露，一个孩子的朝气蓬勃，是否足以安慰被伤害过的老桩？

2020/07/06下午

## 现象

我的身影在石头上被晒黑。

暂时告别柔软和温度,在寒冷的风中,在山上,让自己坚硬一次。

貌似铁疙瘩一样的野核桃。

壳内的组织像极了人脑,可以哭可以笑的真相,变成铁石般地表达,迟缓,木纳。

冥顽不化,还是从此无动于衷?

或许需要一记重锤。

脑海里的火花,才会再次迸现?

2023/11/30下午

# 月亮湾

把月梢拉弯后，选一块土地扎根。

需要一片好水，月色才能在夜晚灵动出波光；需要懂月的人，他们不仅仅喜欢月圆，也理解它的瘦削和对光明的克制；需要长长的历史，人从人群中走出，因为他们，生命可以辨认生命。

弯月扎根的地方，还需要一支好笔。

画下一片月光和黑夜中不可知的深刻，画神话中的嫦娥和山河的宁静。

也有很多必须要写下的。

写生活中的月色如梦，写才子佳人以抚慰我们重复的日常，写稼穑之酸甜苦辣与农作后夏夜里一闪一闪的旱烟的光。

写月光照到的一切，也写月光背后生生不息的坚持。

扎根后的弯月，让这个地理开始具体。

看月亮湾，夏夜里草虫翻飞时的婉约与撩人，如果错过，那就错过。

我在秋后冬前时节，在暗夜深入的时分，看月亮湾。

弯月下的一切存在，都是人间需要的俊朗。

2023/11/23下午

# 不死之死

这样地去说一个人的生死,是无谓的。尤其是夜深时行走在一条狭窄偏僻的小路上,落叶被踩出它们的绝唱。

说一个人活着如同死去,或者死去的人中间有依然活得坚定的。这些,都被我午夜的足音代替。

也是舍弃花繁叶茂的树木在冬天深处的心得。

我听到的风声,没有了叶片间的摩擦和耳语般的交流。钢筋那样地,只是与寒风相遇,然后恢复到夜色中坚硬的冷静。

只需多走一个来回,我就放弃急于去赞美小路旁树木的铁骨铮铮。

我想到了不断被踩响的一片又一片落叶。

它们体内的水分已经被严冬冻干。

象征着活着的绿与绿色间寻常的叶脉,它们死得多么干脆。

而我的脚步声,仿佛自己的心脏下移。

接触到了泥土,触碰到了人世间极易被人想到的如同死去的平凡者的存在。

野径长满了夜色。

落叶很厚。

我缓缓地走,从小心翼翼到从容淡定。

足音中发出脆响的那部分,不是我对事物中那些已经死去的,

再次践踏。

是在冬天的午夜,我要听到它们最后的声音。

不死之死的声音。

今后一定要重新复活的声音。

2023 / 12 / 20 凌晨

# 冬夜，湖畔看星

又一次在冰咬紧湖堤时，回忆它的波浪。

星星们都在水里沐浴，它们的光，照亮水底的鱼群。

我不用仰头望天，就知道天空和人间没有任何阻隔。

这次是雪后不久的子夜。

暖天气下的繁星在厚冰下沉睡。

如果要看真正的星星，需要望天。像祖辈那样地望。

银河的两侧，牛郎和织女大概还在隔岸相望。有三颗是并排的，人间挑一担草的人在天空被称为担草星。其他的星，除了北斗，我真的叫不出它们的名字。

一阵凉风从冰面上吹来，我竖起衣领。

缓缓踱步。

每一步都是夜深时的努力。

许多步之后，我再看向天边。

还有一颗星，我能够叫出它的名字。

启明星，亮了。

2023／12／22凌晨

# 寻真

想起多年前读的一部小说中的一句话：真理在地面不会消失。

于是，我想知道它的模样。

雨前，大队蚂蚁聚集。它在它们中间？

手握铁锤，敲击巨石。它极有可能就是火星中的一粒。

被斧砍后的南方的一棵白木，沉香只是它漫长的自我疗伤的结果。真理，也释放治愈后的味道？

火焰中的呐喊，可视可听。

如果提到凤凰涅槃，说明真理亦会存在于知觉。

在遥远的夜空闪烁的星星，真理即是高度。在冬天的中午，阳光暖暖的，真理确实没有消失。它是每个人身体的温度？

今年冬天的某日，整个北方被厚雪覆盖。

挂着冰凌的树木，暗示着真理挺拔出最后的正直？

它和积雪下的草根与麦苗在一起，它更是雪野上一串一串脚印中的一个。

它是人间的需要。

它是人间的发现。

它是瞳孔之光，是心脏的每一次跳动。

2023/12/25凌晨

# 反季节

把对世界最深刻的爱,隐藏起来。

冬天,是最好的借口。哪里也不去。就在房间里一边坐着,一边漫想。

蛙鼓和蝉鸣,因为季节的错误,提前响起。

耳鸣般的噪声,竟让我的心更加平静。在冬的萧杀中,我比别人更早地看到了盛夏。

刀锋在厚冰中清冷。

我看到了田野正在进行隆重的收割。麦芒和粮仓已经和解,暖洋洋的环境中,每一朵花都是生活的温柔。

反季节的感觉,缘自四季原本分明。

只要你愿意,夏天的藤蔓沿着你的身体攀缘而上。你是事物生长时结实的依靠。

而且,夏日多雨。

你在河水暴涨时勇敢地横渡,你是浪花,也是漩涡。

当我从反季节的臆想中清醒,我眼前浮现一只系着缆绳的小舟,泊在冬天的港湾。

世界,我是你的。

当反季节已无必要的时候,世界,你欠我一次河水暴涨时的横渡。

2023/12/26凌晨

# 命名

雨天,是雨给天的命名。

圆月是天空中一枚洁白的钢印,月夜因此而被命名。

河床让水有序地流动,一条河、一条河拥有了各自的名字。

每一次幸福都是具体的,说自己是土地的主人,首先感谢一片麦子,它使我的幸福从麦田开始。

当深渊给绝望命名,鸟儿就给飞翔命名。

也有许多时候,苦难想给我命名,我会回望来时的路,然后转身再次向前。

我给希望命名。

人生的评价是复杂的,人心给生活命名。

对立面偶尔能够互相命名。

冷,给暖命名。

黑,给白命名。

丑,给美命名。

命名,不能滥用,正如高尚不能被卑鄙盗取。

这样去推论,每一个人,将只能自己给自己命名。

2023/12/29凌晨

# 冬天之轻

冬天在持续深入,北方树木上的叶片已经所剩无几。

长长的石板路,被西沉的阳光关怀着。

踱步时,一片叶子轻落我的肩头。

它弧线般地飘下,羽毛那样地轻松。

仿佛冬天最后的重量。

是的,冬天已无重可重。

它敦促叶片下落,而下落的只不过是树木的往事。那些不会落下的,正在事物的体内避寒。它们所呈现的,将是连冬天也感到无奈的。比如冰冻之后水的流动,比如油菜花之后的槐花,对,还有那些热爱花香的少男少女。

我因此把冬天最后的重比喻成一片落叶,我将不会对绽放的花朵说起冬天。

我对孩童们更不会使用冬天的语气。

将来的某个时候,我或许会说起冬天里的某一次落叶。冬天最重的,也只是轻如落叶。

落叶弧线般飘落。

它简单成我的审美。

冷峻、客观,然后,我会继续踱步。

冬天是轻的。

因为落叶怎么能压垮生命?

2024/01/04凌晨

# 想起沉香

我见过很多意气风发的人,无数次风雨之后,他们的面孔都渐渐模糊。

我更关注在生活中遍体鳞伤的人,他们中依然有人不以悲声事秋。

比慷慨激昂要有效的,是沉默的自我疗伤。

我关心的不是苦难本身。

苦难后的不同结果,常常让我思索。

我因此总是想到沉香。

一块黑奇楠,我随时带在身上。

用手搓热它,深嗅。

能把苦难转化成如此深刻的味道,人与事中当极为罕见。

虫咬、雷劈、斧砍,伤痕累累中坚持自强不息。

它不说苦难,只说对苦难的态度。

缺口之伤,引来体内的河流。

创伤处,时间慢慢清洗。

与苦难成功告别后,阳光的照耀,如同沉香故事的封面。

伤口的产生有时无法避免。

对沉香的懂,除了谴责一切伤害的力量,还要相信生命真正的芬芳,最终属于苦难者。

2024/01/06凌晨

# 搁置

一本书翻到三分之二处,故事开头里面的人,大多白了双鬓。

我用一片枫叶标志出我所读到的地方。

那一年我二十岁。

枫叶采自姑苏的天平山。

因为阅读的未完成,故事里最老的人也只是白了鬓发。还有一个青年,写好了情书,或许再读几页,那个姑娘就会在远方读出他的心跳。

四十年之后,在书柜不起眼的角落,我重新看到了这本书。

我把枫叶拿起,红色的部分变成了深橘色。

只轻轻地转动,枫叶就是透明的蝉翅。经络那样地省略了岁月。

故事里的人都是幸存者。

生命都在一片红枫中休息。

写信的人和读信的人,他们的喜悲属于未知。顿号的形状就是一片五角枫。

四十年后的我,仿佛也是一本书翻阅到了三分之二处。

一部故事是否需要一片枫叶?中场休息或者中途搁置,没有结果也就不去在意结果。

我因此在每一个凌晨,都要把自己搁置一次。

临窗独坐与去室外仰头望天，然后让一杯烈酒将自己从生活的迫切性中搁置开去。

未完成所具有的可能性，永生那样地富有力量。

是的，有时一想到自己还没被读完，我干脆就着浓重的夜色，开怀畅饮。

2024/01/16凌晨

# 艾草

有一次，我经历了艾熏从百会穴到涌泉穴的过程，感悟到高处的精神和脚踏实地之间的温暖的和解。
因为艾草，我突然想到万一真相已经荒芜，
哪一种植物还在坚守最初的味道？
苦而不怨艾，这绝非人间味蕾的麻木。
在我所敬畏的田野，生长着万事万物。它们有的挺拔如我们眼中的伟丈夫，有的柔软似爬藤。有的花，一呼百应。有的，开放成黑寡妇般的孤独。
只有艾草，始终是田野上常见的模样。
掐断它的茎，它的汁先苦后甜。
它干枯后，一把火就能烧出它的意味。
这是真理的味道，先苦后甜。能辟邪、祛瘟。
由艾草而产生的艾熏，灸热头顶的百会，高处的精神是苦的。
请千万不要误解艾草。
艾灸至涌泉穴，我意识到了精神终于落地。
所谓的苦尽甘来，只是最后的脚踏实地？

2024/02/08凌晨

# 勉强

冬天的功课做得很好,风在助威。而波浪隐约起自己,它一动不动。它让自己的凝固冰一样地稳定。

请不要勉强自己,在初冰的时候,你站在不可捉摸的冰面,想称出自己的重量。

你希望自己是最重的?

还是,为了安全,你只是空气一样的飘忽?

当冰遇到无重之重,它的开裂或者崩溃,应该属于它自己的事。

而你,真的为了安全,就让自己轻如鸿毛?

你的轻,只是因为你不想如履薄冰,每一步都提心吊胆。

通过冰的测试后,在坚固的大地,你终于重如泰山。

与冰的对抗,不必勉强。

谁能避免冬天?

虚妄的勉强,你最终无法在结冰的季节省略冰。你风一样地滑过冰面,你轻如空气。

关于勉强的智慧,在春天的田野有了答案。

花的脸庞是你的脸庞。

种子的任务是你的秘密。

最重的责任在于生长,那时,冰已融化。

2024/03/11 凌晨

如果可能，就必须活到生命最后的模样。
——《误判》

低处的生活和高处的观察，它们一个是实用，
一个是理想。
——《大地的人格》

这苍茫的人世，你一定不能以为只有自己醒着。
——《对话录》

允许浪花飞溅，那只是河水日常的抒情。
允许船只悲伤，负重、吃水太深，
它们等待风，鼓起白帆。
河水流动成寓言。
——《寓言般流动的河》

# 辑二 积极的主观

# 误判

秋天还没有完全尽兴,就有叶子开始飘落了。

都怪这连续的雨,还有忽南忽北吹来的风。

我看到一树的李子,它们还没到紫熟的时候,其中不少便跌进风雨。

心里的苦涩只能慢慢地烂在泥土中?

翌日,可能是翌日后的另一日,阳光灿烂。

再一日,阳光依旧灿烂。

一只小鸟飞出一条抛物线。我目光的抛物线落在丢了许多果实的那棵李子树上。

秋天,有一种生长会有结果。

仍然在枝头继续成熟下去的李子,它们目睹了一部分伙伴中途掉队后,坚持着自身的使命。如果可能,就必须活到生命最后的模样。

也有一些面孔,在风雨如磐时先行告别。为此,我连续几个夜晚以酒浇愁。

想一想坚持到底的李子吧，想一想直到真正的冬天到来时才退场的叶片，我为秋天还没有结束时的误判检讨。

检讨生命兴亡，自己却对匹夫有责没有深入理解。

这是怎样的误判？

这是怎样的放弃？

2021/08/22凌晨

# 暴雨之前

湖水中的一条鱼跃出，落下时砸出水声。

这个响动先于紧接而来的暴雨，八月的暴雨，甚至没有雷声。

自天空纷至沓来的大雨点，动静更大。

暴雨一下，人间的闷热、暧昧和容易让人发一身虚汗的情况，都变成我眼前磅礴的气势。

而暴雨之前，除了一条鱼主动跃出水面，我看到一对鸳鸯，它们平行地戏水亲昵。

一只鱼鹰自高处俯冲而下，然后，它的喙多了一条小刀鱼的长度。

暴雨之前，一切都为了言说。

当我进一步思考不可言说和无可言说是否有区别时，那条小鱼跃出水面，它无法追赶已经携着收获飞远的鱼鹰。

然后，暴雨不带闪电雷鸣，倾盆而至。

暴雨，实现了真正的水天一色！

2021/08/11 下午

## 理想的步骤

深紫色的李子，金黄的甜蜜隐在其中。
我一口咬开它的时候，就决定要一如既往地热爱生活，像我还没有变老，像我涉世还没太深。
在秋天，不谈态度。
秋天本身就是态度，这还不够吗？
前一个深夜，好兄弟说他咬紧牙关时咬出了血的咸。
我没有想好如何回答。
现在我想让他咬着一切就像咬着李子，再往后，初冬柿子也会成熟，咬定青山不妨同时咬住一只柿子。
时间继续，待冰天雪地时，我会这样回答他：
牙关咬紧是对的，牙床不能上下磕碰。
咬紧了，人有温度就不会结冰。
再然后，就会说到理想的步骤：尖尖的草芽，破土而出。
那将是小草的世界，如果几朵野花开放其间，
理想，正在过节。

2021/09/08 凌晨

## 举藕画天

秋天,有人想在纸上画出春江水暖。
画出一只喜气洋洋的鸭子,柔柳正在泛绿。
伪装的技术与虚假的心,秋天的落叶总是一针见血。
善于装饰的人为何总能大行其道?
为什么春天就一定是正确的季节?
在秋天的荷塘,我脱去鞋袜,深入淤泥,采藕。
客观是一种宝贵的诚实,藕是秋天的证人。
场景不能出错,秋天之后,冬天会更加寒冷。
一个采藕人,在深秋的阳光下,把白嫩的藕举向空中,仿佛手臂长一些就会抓住天上的蔚蓝。
地理上的四季如春,怎么能代替人间的一年四季?
今后,如果在异乡有了漂泊的疲惫,就不妨回到深秋的故乡。
把藕从淤泥中采出来,再举藕画天。

2021/10/10下午

## 积极的主观

这棵银杏树的最后一片叶子落下时,刚好被我看到。

从今往后,如果有人再和我说起死亡,我就拣起这片叶子,让他在阳光下好好地看。

本来就是一个日子加上另一个日子的生活,如果有人和我说起悲壮,我就认真地讲述一片叶子,最后的一片叶子,在冬天的第一场风雪中是怎样地落下。

这个场景正常不过。

只是对多愁善感的人不利。

一片叶子在冬天落下,是客观的。

关于死亡或者悲壮,是主观的。

我想让主观积极一些:落下的只是一片叶子。

清瘦的银杏树,身躯坚硬而刚毅。

在冬天的第一场风雪中,它一点也不消极呢。

2021/11/09 凌晨

## 转念之间

雪匆匆降落,又飞快融化。

我想到了如何进一步提升我的境界。

脚步未及留下备忘,一场雪消失后,闹市的足音将继续纷至沓来。

踏雪无痕是一种修炼,脚沾雪泥呢?

境界提升的办法:仿古人那样引燃木炭,悬铁壶煮茶。然后就着鹅黄色的茶汤,观窗外之雪。

或者不在雪地上走远,只聚拢身边的雪,童时那样地堆雪,堆出形状。如果自己懦弱,就堆出一个胆大的。也不妨堆出一尊罗汉,只笑不哭。世事纷扰,阳光灿烂后整个身躯化为无,也拒绝眼里噙泪。

冬天的第一场雪,我只是临窗而坐。

看雪花慢慢把地面做白,

至于境界的提升,只在我转念之间。

2021 / 11 / 26 下午

## 遛影

太阳很西的时候,我喜欢背阳散步。

一米七几的个子,投影到地面就是几丈的长度。

影子是无法站起来的,它是我身体在光明中的匍匐。

它因此不能顶天立地。

灵魂、意志,祝福、悲悯,这些词汇或令我慷慨激昂,或让我沉默不语。

慢下来时,影子一点一点地向前蠕动,像无声的小溪游进干渴的泥土。偶尔我也会自我解嘲,风中的影子多么像蜕下的蛇皮,空洞干瘪。

可是,此生我永远学不会心如蛇蝎。

边上有人在遛着他的爱犬,我就当是在遛自己的影子。

有一天,当我走到一堵墙的前面,我发现我的影子倏地立起身子。

仿佛要代替我,翻墙而过。

我还是认为在遛自己的影子吗?

是的,在障碍物面前,我把影子遛出了它的尊严。

2021/11/30凌晨

# 影问

"为什么我会斜了?"
"因为光,因为光的方向不正。"
"是你——我的主人,你的身子歪了?"
"你如果怀疑我的刚直,我可要柔软地躺下。光从哪个方向照下,你都只能被我压着。"

"事实上,可否忽略斜与正?你看着我,就知道了光的位置。"
"而且,我是你身体的矫正仪。"
"主人,我仅仅是追随或者顺从吗?如果我消失了,你就会变成一个无影之人。那该多么可怕?"

影子问得好呢。
所以我经常在深夜散步,我让自己身、影合一。在夜色中,上面是高远的天空和嵌在天空的星辰;地面,一个会移动的影子,一个发出缓缓足音的影子。

2021/12/01凌晨

# 幻影

让一只打足气的皮球沉入海底,很多讲故事的人就这样杜撰出关于海洋深处的幻影。

有人出现在你面前,你把眼睛揉了又揉,是看错了人,还是幻影所致?

闭上双目,见过的事物瞬间成为眼帘内的幻影。

你爱过的人,是。

你毕生追求的,是。

你的价值观已及明辨是非的能力,鸟群飞离了北方的冬天,幻影在天空高悬。

梦中的主角,有时是你,有时是毫不相干的陌生人。梦,是幻影的温床。

经常在实在的内容上,力不能及。

幻上一次吧,所以幻不是虚无。

我收集了很多小刀片,它们各有用处。

小刀片薄而锋利。教训如毒,刮去;座右铭如果生锈,刮去。

冬天的清晨,浓雾缱绻了一阵,然后散去。

冬天的风,劝散了树叶。只需睁开眼,幻影就褪尽。

我喜欢骨感的生活。

从今天凌晨开始,我要每天三省吾身,警惕幻影让我的身形臃肿、变形。

2021/12/02凌晨

# 影人

一周前的凌晨,远方的朋友发来信息:
无数个场合,真实而拥挤。
可是,我却搞丢了自己。

"影人。"
"其实,我也是。"

一些人是另一些人的影子。
为了生活,于是,形影相随就找到了理由。
鲁班之后,世世代代的木匠都是他的影子。
在死去的和还活着的人群中,有的叫楷模,有的是榜样。在他们身旁或者身后,你是谁?

"影人!"

以失去自己的方式替别人生活,你仿佛也是别人呢。

五十年前,我还是一个孩子。

麦子熟时，母亲给了我一把镰刀。
我真的割倒了一大片麦子，流下的汗水被午阳晒干。
我是劳动者。
流了大量的汗，收割了许多麦子。
只有劳动者才是一个真正的人物，他站在田野，阳光灿烂，田野里站着他和他身下的影子。

在回复朋友信息的最后，我说：
"当然，我不完全是影人。"
"无原则的屈服也是一种卑鄙。"
"因为我想到了半个世纪前的那个夏天，一个流汗的孩子，他在挥镰割麦。"

我没有告诉朋友的是，那个夏天我听到喜鹊在叫。那时我还小，还不知道生活中还有乌鸦。

2021／12／03凌晨

# 影响

我想找一个对我鼓舞的词。

"影响"!

同时还要有一个词让我永远警惕。

"影响"。

影响与被影响,生命的关键词呢。

小草关心冻土的融化,竹笋关注它的上方是否正好压着重石,人心关心人心。

像冷暖气流的对决,影响是有结果的:闪电、雷声和大小不同的雨。

理想主义的影响,超越多少现实的沟壑,忍住多少叹息和日常的评定?

现实主义的影响让我想探个究竟,屈子一直在汨罗江里游吗?杜工部为何追不上被秋风吹走了那束茅草?蛇有毒,为何总有人去捕捉它们?

影响,是美学的陷阱?还是逻辑的复杂?

当我沉默的时候，我语言丰富。

我旁观着那些语言在寻找甚至争抢着麦克风，让语言影响深远，技术开始风流？

我们知道和不知道的事情，时刻都在发生。因为历史不会终结，所以影响一定继续。

无眠者似乎在增加，大家侧耳等待另一只靴子，它就是没有落下。

而东方，已经泛起鱼肚白。

2021/12/04凌晨

# 剪影

是时候了,一把剪刀应该发挥作用。

山河博大,只剪出寻常的一段水和水边微微隆起的土坡。

人生辽阔,我更要认真地剪。

不刻意,不以病为美。

一剪子下去,无关紧要的内容从此剥离。

岂不快哉!

剪去一座山峰峦叠嶂的高度,云山雾罩便是一堆废弃的纸屑。

再听大自然的物语,每一个声音都能对人间一语中的。

剪出一个洞穴,不为快乐地逃遁。而是入洞,向黑蝙蝠学习。

光明没有失败,黑暗没有胜利。

它们轻车熟路地飞。

田野、村舍、都市。

只剪出那个老屋。

知道自己的出处永远比可能要到达的目的地更加重要。

万家灯火、拥挤的世界，思考它们和我的关系，然后我以艺术大师自居。

只剪出一个我经常深夜独坐的房间，房间里的一扇窗，窗前的一个头影。

细看，目光里泊着深情，额头有了皱纹。

剪影的重点是我吗？

错！被有意模糊的外部环境，恰恰是不能用来辜负的。

2021/12/06凌晨

# 弓影

如何解决杯弓蛇影的问题？

把弓从墙上取下，搭箭，射出去。

还有一种办法更简单，用杯中酒洒地，祭奠那些死于蛇毒的人。

其实，心理之路虽然忐忑不平，历史的车轮依旧会滚滚向前。

如今的墙壁，很少挂着弓。

禅意、座右铭，远古的意境代替了勇士的兵器。

下面的文字属于虚构：

弓影倒映在我的酒杯中，我会一干而尽？

给我一臂神力，开弓三百石。

强敌当前也是虚拟的，即使一箭不能中的，我也会矢志不渝？

现实中的我，却要检讨自己。

也曾心有余悸，也曾明哲保身。

明天，我想去寻一张强弓，

换下书房里的那幅"难得糊涂"。

2021/12/07 凌晨

# 影国

在光明之下,有一个影子的世界。

这些影子,对应着肉身和一切主体的物质。

有一些影子被覆盖,可以忽略不计。

我见过一座山的影子,两侧的树木、花鸟和我眼前自上泻下的瀑布,都只是地面上规模巨大的阴凉。

影子之间的密切交流也时有发生。

森林、竹海和集会时的人群,影子互相交叉、握手甚至拥抱。

风吹林梢与人群的窃窃私语,像留声机上的黑胶唱片,有人听得仔细,有人根本不听。当然,也有人听了一生,却终究没有听懂。

影国里的每一个个体,若要独立清晰,就必须保持有效距离。

相互不妨碍式的尊重,亦可概括为冷漠。

这些胖瘦不等形状各异的影子,是影国的子民。

滚石砸下来,它们不疼。果实从树上落下,它们绝无争抢。

影子移动位置,是太阳的安排;影子在地面疾走如飞,是因为鸟、飞行物在天空飞翔,飞翔在阳光下。

相安无事的影子们,它们共同的主人叫"光明"。

2021/12/08凌晨

# 顾影

他的结局是用死亡的方式去和另一个自己待在一起,拒绝复杂对简单的干扰,中间再无阻隔?

年轻的时候,在希腊神话中知道了那喀索斯,直到多年以后,我才在一个严酷的冬天接受桌案上的一盆水仙。

我爱广袤的大地和蓝色的海洋,爱天空爱到心甘情愿地在人间行走,就为着抬头即可看天。

我从合奏和独唱得到启示,属于人群,又可以形单影只。

我握布满茧花的手,也握那些能够在绸缎上绣出锦绣山河的纤柔。

我也会顾影。

夜深时对镜,发现左鬓有了白发,额头起了皱纹。这是时间在我的身体上有了它的成果。

有时,我走在阳光下。

不抬头看天,只顾影。

一顾,便知太阳的位置。

当顾影自怜成瘾,一个人和他的内外就出了问题。

这个冬天,我要多准备几盆水仙。

让水仙花走出时令特征的自恋,分享它们——在我只能认真对待的生命的时空。

2021/12/09凌晨

# 影壁

建筑美学里一个重要原则是不能让外鬼长驱直入。

所以,大门不能总是洞开。

多年以来,我的生活原则与这样的美学是冲突的。

我经常敞开胸怀。

只让自己在明处,一切的来,只是该来。

因为不怕鬼,来者便都是客。

天气的经验和生活的情形有时非常相像,一边出太阳,一边下雨。

某日,一个风水大师来访。

他说,你的住处没有建影壁。

也好,所有的光和外面的景致也就不能以你的屋为敌。

但是,你要在书房的门后,置放一扇屏风。

上面刻着山水,猛禽与瑞兽在山水间出没。

我问:原因?

他答:有文化的人不能让人一览无余。

我说:你仔细看。有一扇屏风呢。

他摇头的时候,我说:我的影壁与屏风是无形的。

它们有另外的称谓:真诚、善良;信任和希望。

他沉默了一会儿,看到窗外秋天里金黄的银杏树。

他说:前不挡人,后不蔽物。

意念,才是最后的影壁。

2021/12/10凌晨

# 曚影

出场和退场都自带光芒。

对曚影的解释：人间已经黑了整个夜晚，天空和大地把舞台搭好，太阳即将出场。

由暗红到正红，太阳亮相之后，就不是曚影时刻了。

正是这短暂的曚影时刻，地平线上十八度视角之下，让我对全景的光明充满信任。

不时有人把曚影读错，他们以为太阳乘着神辇而来，红彤彤的排场令他们因为自己的平凡而惭愧。人间寻常的正午，他们眼中的太阳却叫如日中天。

曚影之后，是客观的阳光之旅。

阳气上升一次，草木便长高一寸。

有人在光芒中丢掉自己，有人则在光明中一边劳作，一边举杯畅饮。

我从来不把夕阳西下看成是日薄西山。

太阳每一次退场,都留给人间晚霞的回味。

这是每一天第二次的矇影时刻。

人间先是万家灯火,然后,万物需要休养生息。

矇影,是预言,也是总结。

它对我有着一贯的启示:

既已真心期待,岂能黯然神伤。

2021/12/11 凌晨

# 反刍

唯恐已经落到肚子里的经验，让身体执行起来困难，我要向一头黄牛学习。

反刍。嘴里因为总有东西在咀嚼，就顾不上胡言乱语。

没有消化不良，就不必担心后来的充分吸收。

不管吃什么，都是营养。

然后，四肢发达。

双手一伸，可以引体向上，可以抓到被阳光晒热的空气。

双腿也将更加有力。

各种路都不影响自己的行走，如遇沟壑，腿一跨，就到达了正确的那一边。

反刍与倒胃口有本质的区别。

它们一个是主动地让消化深入，一个是被动地抵触。

而且，如果真心地想向一头黄牛学习，健康的体魄是重要的。

在春天，能够拉得动一张犁。

在冬天，能够把一车柴火拉到等待燃烧的炉膛。

2022/01/06 凌晨

# 摇橹，梦里出海

### 一

海豚的温柔和鲨鱼的凶猛，似乎都是简单的常识。
我摇着橹，海豚说：跟着我们。
我只是在沙滩上走得多了，或者在近海模拟过弄潮儿。我不要任何马达，橹是方向也是动力，到深海去。

### 二

最初的诱惑真的是温柔的鼓舞。
海豚的肌肤细腻光滑，它善解人意。
它是再合适不过的伴侣。
"只要你闯海，就给你一群海豚的善意和光滑平整的航道。"
我摇橹，也在海上看到日出。
以及，日出下美丽的波浪。

三

鲨鱼出现时，海豚集体消失。
我一边摇橹，一边寻思。
是海豚本身突然变成了鲨鱼，还是鲨鱼让海豚只能远离我的航程？
我说：我是海神。鲨鱼露齿狂笑。
我说：我是海妖。鲨鱼露齿狂笑。
我说：我是海水。鲨鱼留下了我，留下了我手中的橹和在一点点前进的小船。

四

鲨鱼离不开水。
就像人不能不摇橹。面对鲨鱼时除了感叹海豚的失信，你的勇气就是今后可以继续存在的生命。
醒来，发觉是梦。
遂记下：曾经梦里摇橹，梦里出海。

2022/01/13凌晨

# 皂角树下

仰头的时候,它还是弱弱的一树嫩叶。春末的风吹拂,天的广阔和天际间的风云依然清晰可见。

树内的力量会慢慢鼓胀。

从我的位置看上去,太阳的角度更陡一些时,皂角树的叶子就会茂密起来。

春雨没有洗净的尘土和空气中的絮状物,我在树叶间会看到无数长长的皂荚,它们传统的功效在于浣衣、洁面和沐手。

去污除垢,人间需要一个解决方案。

皂角树的躯干挺直,它只是一棵树。

它的象征意义可以省略,在它的下面看不同季节的天空,要保持清醒的是我。

天空,庞大而永恒。

天空下的丰富和复杂,皂角洗不去。

长满皂角的这棵大树,挺直腰板后,也就是一棵树。

叶片更加茂密时,风中婆娑,它的话语虽不绝于耳,也仅是一树之见。

2022 / 04 / 20 下午

## 错觉现象

我看到了山泉流动的声音,听见鱼群在水面暴动。

没被淹没的石头,在问候岸边的人。

天空有两个。

头顶的那个圆而辽阔,泉水里的另一个,则以狭长的方式悸动。

如果在水中鱼一样地向两边看,树冠站满叶子,叶子摇曳在峭壁的底部。

身临其境者,会意识到他此刻正在谷底。

一只长喙鸟叼起鱼时,是谁已经对此麻木不仁?

泉水哗然流动。一部分走出了山谷。

入世即浑浊。

一些水成为庄稼体内的生长动力,一些水助长了浊浪滔天。

错乱的人于是枕水而眠,出世是入梦,入世是梦醒。

2022/07/21凌晨

## 蚂蚁在向上爬

雨后的榕树下,积满了水。

蚂蚁们在向上爬,这一次,它们不是为了爬出自己的高度。

仅仅一小洼水,对于它们就是一大片汪洋。

凡爬行者,安全比高度重要。

有几只跌落下来。我用手指粘住它们,放在阔叶上。

早先跌落的,已经失去了爬行的可能。它们是水洼中漂浮的亡蚁。

雨后的榕树下,蚂蚁在向上爬。

不管风和日丽还是阴雨霏霏,蚂蚁要是能飞,它们该是多么幸运。

2022/08/31凌晨 未来园

# 自属之物

岩浆的热度和柔软，是自属的。

冷却之后石头那样的坚硬，在时间和生活之后，也是自属的。

爱着的人和事，恨着的事和人，它们一个是自属的意义，一个是自属的代价。

是否只要高风亮节就可以不介意自属之物？

九月的南方，一棵树的果实刚刚被收获，秋风吹响它失去自属后的惆怅。

明亮是自属的，阴暗也可能是自属的。

譬如高尚，譬如卑鄙。

子夜，我想到了辩证法的伟大：一些自属要让它们离开，而另一些自属要永远拥有。

生命今后的自属？

一边旁观，一边慈爱？

2022/09/05 凌晨 泉州

# 大地的人格

土地平躺着的印象,是我童年的记忆。

石头的坚硬,大地的峭拔,直到长大以后,我才明白土地之中,还有另一种土地。

寸草不生的土地是我不能理解的,庄稼不能丰收也是我曾经责备土地的理由。

童年,经络一样的河流,让夏天的孩子可以一丝不挂,无猜无忌的伙伴,这只是简单地对童年的怀念?

后来,知道了山。

拾级而上之后,在高处的土地,我看到油菜花和桃花大面积地绽放。

是在哪一年的春天,我懂得了土地的高与低?

大地的人格,日常时是展开的田野。

它的身上,通常会长满对我们有用的事物。假如事物长错了,或者它就是贫瘠,说土地爱我们与我们爱土地,是否会互相委屈?

隆起的土地,让我相信人格的峭拔。

你可以司空见惯,你可以一言不发。

低处的生活和高处的观察,它们一个是实用,一个是理想。

*2022/09/06凌晨*

# 正统

野兽被驯化后,我体内从此就有了榜样。
山坡向上,行人向下。这个表达反过来也成立。
最重的空气是一块大石从山头滚下来,最规矩的人一旁闪开,最不正统的人试图托住,然后抱石上山。
而最正统者,站在地图前。
双手叉腰,著名的山、最高的山、石头最容易滚落的山,它们都在这张纸上。
如果驯化得更彻底一些,这些山都在一个地球仪上,我两岁的孙女用手一扒拉,眼前便出现一只旋转的球。

2021 / 04 / 14 晚 北三环路上

# 瞬间

发光的绳索,缚住我的黑暗之身。

一些约定俗成的惯性,经过电解,就会分离为两级。一极为足可成事,另一极为败事者被禁足。

我黑暗的时候,发光的力量控制住了我。

从远处赶过来的沙尘暴,遮蔽了高处的太阳,推理是不能反过来的。

所以,如果我是黑暗,我愿意被光明管理。

2021/04/16凌晨

# 进行曲

这个季节,冷暖气流在北方对峙。

天空布好了周密的雷阵。

群鸟箭一样地射向上方,一声雷炸响。

人间的树叶落了一地,鸟群重新飞回。

它们活跃地站在枝头。

它们是雷阵的目标,还是雷阵的引爆者?

声音从远近高低处传来。

有的低缓沉闷,有的震耳欲聋。闪电以高蹈的姿态在高音区穿插,然后,急雨骤落。

雨水击响地面,任何一种进行曲大概包括前奏、展开和高潮。

我在天空看到彩虹的时候,一切戛然而止,一切重新服从于人间的平静。

2021/07/05 下午

# 暴风雨前夕

那只被异域的文人赞美过的燕子,我没有看到。我头顶的云正在变厚,天上的水大概就装在里面。

向下看,蚂蚁成群结队。

一毫米一毫米地向前,它们感知到了什么,它们要在那个时刻到来之前,回到目的地。

蜻蜓们在我的眼前翻飞。

它们由往日里悠然地飞翔,变成无序地穿梭。

低空中重复地飞去又飞回。

几片落叶携来了风。

很大的风!

那只勇敢的燕子,我没有等来。

闪电,是人的精神创造的。因为雷声,风的动静更大。

暴雨倏然而至。

蜻蜓不见了,蚂蚁们的去向我没有看清。

被雨淋湿的我,代替了那只燕子、蜻蜓和蚂蚁。

究竟是什么令我忘神?

我没有来得及躲避这场暴风雨,还是我有意地站着,主动地接受洗礼?

2023 / 07 / 20 凌晨

# 水患

河床的纪律输给了上天之水。

岸的边际藏在浊浪的下面,黑云很重,它想瘦身。

去他妈的台风,哪个混蛋给你取个温柔的名字?

温柔地让人间失去道路,让稻谷变成水草,让人变成鱼。

河床输给了洪水。

我的眼皮输给了泪水。

名字温柔的台风,以水为武器。世间难敌。

凌晨,我一杯又一杯地喝着烈酒。

有时候,敌人是我们自己,我们让河道堵塞。

有时候,作恶多端的是大自然。我想让闪电缚住它,让雷声震昏它,让天空全是太阳,烤熟它。

而水患之后,我站在自然中。竟然让自己拱手称臣。

我重新看到了河床的底线,河岸的纪律。

台风变成空气,我因自然而活着。

2023/08/03凌晨

# 目睹

两块云，一前一后。

前边的云面积大，看上去更加厚重。它缓缓地移动。

后边的这一块云，颜色淡一些，它在飞速地向前。

我目睹了两块云在天空追尾。

稍后传来的声音由尖锐到沉闷。

这是十二月的北方。

我目睹到的现象，切换到耳朵里，就是冬雷。

*2022/12/09凌晨*

# 空气浅思

空气是有限高的。

突破了这个高度,里面的氧就会丧失殆尽。

未被激活前,空气是笼统的。

甚至概念那样地抽象。

活出经验的人会知道,空气是具体的。

空气宽松,空气紧张,这是空气在意识形态里的具体;

空气中存在味觉的常识,芳香的或者糜烂的,心旷神怡的是它,令人窒息的,也是它。

人一出生,就要学会使用空气。

被使用的与未被用过的空气,经常混合、传播。

所以,空气分为健康的和不健康的。在使用方法上就有了放心与谨慎的区别。

空气的外延有时比人的目光更加辽阔,它也会变成一只气球或轮胎里面的内涵。

它的形状如同花朵上的蜻蜓、蝴蝶的翅振,也可能就是黑夜中晃动的树影。

空气的形而上属于自由,形而下便是众生的呼吸。

至于空气与空气的关系,在对峙之外,更多的是抱成一团。

优劣之间,互相兼容,然后净化。
如果空气也有意识,它是否能够借助风,
吹出它理想那般地流动?

2022/12/14凌晨

## 红鲤

黎明之后，我目不转睛地向东边望。

鱼肚那样地浅白，像强者在改变局面前的示弱？

然后，就真的一个鲤鱼打挺。

一片片红鳞！

看，一条巨鲤正跃进龙门。

在这刚刚度过整个夜晚的人间，黎明后的曙光景象壮观。

比古铜色更亮一些，瞬间，我仿佛看到亿万亩红玫瑰开满了地平线。

一袋烟的工夫，红鲤回归大海。

波浪涌动，如环佩的声音。

然后，朝阳升起。

天晴的时候，每一个黎明之后，人们都会看到这条红鲤。

是它，在为人间的苏醒，报幕。

2022/12/16 凌晨

# 过河

当我们说过河的时候,河流绝非只是障碍之物。

河流比我们自己更加重要,只是它们仅会流淌而鲜有自夸。

一条河流的两岸,我们都要热爱。

过河,因此难免。

过河之前,要敬畏河流。从点点滴滴到涓涓细流,只要是水,就抱在一起,不分彼此。

河水终于流动在正确的河床。此岸和彼岸,一起诞生。

河流,世人眼中道路的阻隔;亦是隔岸观火的理由;此岸痛苦时,用彼岸来鼓舞。

我常常回忆起年少时的一次过河。

宽阔的河面,无桥。

一个猛子,脚蹬河床,在水底匍匐的方式急行军。憋一口长气,就到了彼岸。

一条河流的两岸,我们都可以热爱。

再过几天,就是虚岁的花甲之年。

我知道过河还兼有它的引申意义。

如果有人问:过河吗?怎么过?

"过。憋足一口气就行。"

2022/12/18凌晨

## 火焰山

金木水火土,再掺兑风雨雷电。

亿万年前在地心被煮沸、熔合,喷薄、起伏、流淌,满地滚烫的物质,在时间里冷却后,簇拥成群山的模样。

石头红了,一整座一整座的山红了。

细看,仿佛一个又一个凝固的心脏。

这么多颗心,集体袒露。

阳光下红的耀眼,像火焰的标本。

我相信自己看到了一颗心最后一次,也是永恒的跳动。看到了另一颗心依然在激情澎湃,还有的心曾经饱受煎熬。

它们,簇拥在一起。

终于是群山的火焰。

燃烧的意义,在于每一刻都将要燃烧。

火焰山,它是一片心状起伏绵延的红色地理。

它的细处是红红的石头,也可能是会复活的火苗。

2022/12/29 凌晨

# 寓言般流动的河

泥沙俱下后河床不断升高,河水的基础自诩成仆。

许多寓言曾经按摩过我的心灵。

这正是河流在河流中产生意义的年代,河床高了,水肤浅下去。

寓言中的清道夫众人般游动。

清出四面八方汇聚下来的泥土,抬高岸。

河岸的作用应当继续有效。

大坝上留出来的是一个个呼吸的闸孔。

河水要继续奔腾不息。

允许浪花飞溅,那只是河水日常的抒情。

允许船只悲伤,负重、吃水太深,它们等待风,鼓起白帆。

河水流动成寓言。

寓言所指,它的功能不是一条水枪,用于浇灭燃烧。

寓意之大处,我们看到帆影点点,舟楫往返。寓意稍微偏中,鱼虾跳跃在眼前。更多的寓意是小处的平凡:河水钻进禾苗的叶茎,每一根花草的体内,青嫩的汁也证明了河水的用途。

花开放，河流也就开花；

植物茁壮，河流同时在朝气蓬勃；

庄稼长高，河水也就有了新的身高。庄稼丰收在望，河水可能喜极而泣，然后默默地流向远方。

当我在夜深时写下这则寓言，河水便是我身体中的血液。

2023/01/01午夜－2023/01/02凌晨

# 沉香

斧头砍在腰部，刀嵌入它的根。

热带的这棵白木还是活了下来，施暴者肯定伤了它的筋骨。

疤痕，树身上自我治愈的词语。

任它怎样三缄其口，旧伤被揭开。

一切受过伤的，皆是宝。

苦难的味道如此迷人。

沉香木磨碎后的粉制成香，敬佛也敬仙。

未实现的愿望求上一求，生平做过不敬的事请求豁免。

烟雾缭绕，香气弥漫。

谁？闻出最初苦痛的揪心。

伤口最深处，白木如血的汁流得最多。

油亮的伤口的遗址，被人乐于把玩。

黑奇楠、白奇楠、黄奇楠、绿奇楠。

富贵者给每一个伤口赋予名字。自愈后的体魄之香，每为人迷恋一天，我就会想到另一棵白木。

受伤者自愈不易，人们是否可以从此不玩？

2023/01/03凌晨

# 告别
## —— 致2022

时间,从不空载。

过去的这一年,就是时间里又一只巨大的乾坤袋,装填了丰厚的物事。

思索了许久,我决定把它看成是一片云彩。

我要告别。

看这片云缓缓地,无可挽回地,从我的头顶飘移。直到它消逝在我的视线。

这片云里装着的,有我期待尽早离开的,有照例令我珍惜的日常喜悦。

我只能一并告别。

我早已做好了告别的准备,自从那片枫叶在深秋跌落。

让我悲伤的内容,它们主动地走。

让我依恋的场景,我又无力挽留。

我用巨大的理性,说出告别。

每段时间里都会有的惶恐与不安,走了。

每一年所出现的思考的光芒,奋斗者的勇气,它们也同时走远?

我理性地告别这片时间之云。

看它徘徊、惆怅,缓缓地飘移出我的视线。

它带走了人间的一点烟火。

正是这一点烟火,将烧出一个崭新的黎明。

**2023/01/04凌晨**

# 下一刻

庞大的山体上，一块石头高耸。

一只鹰站在石头上面，它静止不动。山体、石头、鹰，我远眺，它们就是一尊组合而成的雕塑。

在天空的背景下，山的底座显得不合比例。

鹰是雕塑的灵魂。

它的身体静止，空气在凝固。

下一刻。下一刻！

将要发生的，在地面上找到答案。

草丛间，蠕动着一条长蛇。田野，奔跑着一窝鼠。

下一刻会怎样？

雕塑的审美拒绝把结果提前。

我也只是在看看风景，同时看到一座山，山上的一块石，石上的一只鹰。

如果我非要知道下一刻将发生什么，雕塑的力量便仅止于失败的焦虑。

下一刻，就是下一刻。

我看到的景象属于昭示。

我自己的预见，说明雕塑的意义已经实现。

—— 因为下一刻。

2023／01／13凌晨

# 眷乡记*

以漂泊者的勇敢，去向往落叶归根。

北方的冬天，雪后的阳光格外明亮。岁月，在午夜时分苍茫。

在草地边缘的残雪上踩下几个脚印，再用脚抹平。

做一块橡皮，擦去生命中曾经的选择和选择后的实践。

擦不净的，最好不是污点，只是无法轻易消失的痕迹。个人史中，最沉重的内容如雪花已在空中飘过。最隐秘的部分，仿佛窗外的银杏树，放弃满枝头的叶子，温度回到它的根。自我呵护，还是每遇到冬天，只有底部的存在才会真正地清醒？

我生命的底部，在童年那里。

童年，在故土那里。

一个甲子的风云，都是自己根部后来的可能性。

手握闪电鞭打乌云的壮志，日渐变成目光中的慈祥。只是，做一块橡皮还不够。还要做一支童年熟悉的彩色蜡笔。

---

\* 再过半个月，将满六十周岁。在静寂的北方的冬夜，遥想南方的故乡和自己的童年。以这段文字，感念自己终于步入花甲之年。

画亮自己底部每一个黎明,把麦田画成金色,把高粱画红。把故乡的炊烟画成记忆中的那种从容。
眷心生起时,再画下自己的脸孔。
依然像拒绝失败那样地拒绝虚荣,
以匹配这伟大的根部的眷恋。

2023/12/27凌晨

# 策略

一座高山，动员所有的石头从高处到人间来。

推石上山，是神的惩罚还是证明自己的勇气，都不如择地而坐。

白云在头顶悠然地飘过。

风声近在耳畔。

坐着，看一只狐狸由远处的概念变成眼前的小动物。

巨石卸完后，曾经的隆起就恢复为平原。

我想起了只有平原的故乡。

土地没有必要高于土地。地形简单，人们看不到鬼斧神工，也不会担心地理上的万丈深渊。

一座山消失后，没有选择做勇士的我，也没有了异客的忐忑。

仿佛坐在故乡的田垄。

如果说到感动，就感动于这群山凸起的地方。

从凸起回归平地。

我那只有平地的故乡，更加辽阔。

辽阔到我行走一生，却依然待在她的怀抱。

2024/01/01凌晨

# 鱼的梦

雅贝斯说：我们人类的梦，永远比不上鱼的梦。

而鱼的梦，永远不会是"上岸"。

"上钩"，"进网"，或者进入更大的鱼的腹中。这些是鱼儿做梦也要警惕的。

"浪花"，"水草"，丰富的可食之物，然后，是自由地游动。

离不开水呀，不能离开水。

鱼的梦，被我道破？

可是，我也有梦。

我不会把自己的梦和鱼去比，鱼说不出我的梦境。

坑坑洼洼的地面，起伏的人生经常难以预料。

向市井要烟火，向沙漠要绿洲，向冰山要雪莲。

向大片的芦苇花要秋后的银发那样的慈祥，还有，要在一场大雪中，要求一串脚印和脚印消失处温暖的炉火。

从一切能够飞翔的生命那里，要求所有的幻想都能够如天空般无边无际。

回归到海水中的鱼，在浩瀚中游？
我的梦要借鉴鱼的梦。
鱼的梦无泪，平静时是水，
波涛汹涌时，还是水。

2023/12/24凌晨

# 与土地说

一朵鲜花不足以证明你和土地的关系。

直到你刨出地里的土豆、地瓜和其他,并在地面上收割了那些让你成长的庄稼。

你是劳动者。

你是理直气壮的成果享有人。

你不是别的人。

不是被迫劳役者。

土地允许你用犁耙梳理它的肌肤,欢迎你留下深深浅浅的脚印。

它记住你的欢呼雀跃,也把你急得跺脚看在眼里。

汗水应该营养你的脊梁。

它让你人一样地站着,并深深地爱它。

满身污垢的人不配各种开放的花朵,泉水与河流,不是用来洗去忧伤。

它是你活着的基础,它承载家园的重量,它是你一生的责任方。

而什么是你要想到的?

多年以后,你从地面搬到地下。

你是它深处的爬虫,还是它体内一根真正的骨头?

2024/01/17 凌晨

# 与天空说

天空绝非仅用于寄托。

地面上的一切复杂,唯天空可以容纳。它大得连人间的悠悠万事,都是天空下低矮的风云。

它很高远,却近在我眼前的湖水中。

它很懂事,灰尘多的时间,它让风出场。每当地面上的人们没有辜负天意,天空也会抒情。

恰如其分的抒情如春雨润物。

假如抒情过度,也会洪水肆虐。

人间有智者,敢于问天:过犹不及。

天书不能写在人间。

天书的展开、阅读,需要有人能够读懂。

星星有大有小,闪烁不定。偶尔还会穿梭,如移动的字幕。

天空里的声音种类繁多。微风拂柳是最近的一种,远处的闷雷是另一种。区别于垂直而下的炸雷,每一片雪花都是天空里飘然而至的音符。

天空上的眼睛很多。

地面上全部的发生都在被注视。

大眼睛如太阳,目光所及,黑暗当无处藏身。

小眼睛轮值分工，有的虽然布满血丝，但坚持目不转睛。

人间事，天空永远不会错过的内容？

以为自己是孤独的人，子夜时看天。

回应的目光如此密集，它们高远，却不冷漠。

你只要向上看，目光与目光就会天地相遇。

你想与天空说？

什么样的话语，都不如你从容的心跳。

2024/01/18凌晨

# 与污泥说

一枝白荷从密集的荷花群中挺身而出,她告诉我在污泥的环境中存在纯洁的可能性。

不,已经不再是可能性。

她是纯洁的事实。是在过去、现在与更多的未来被人发现并将继续赞美的品格。

污泥,仅仅是纯洁的对立面?

如果把它看成是这枝白荷的营养物,我们是否需要重新思考纯洁所需要的条件?

受委屈的污泥,多么像我们生活的底部。

在烟熏火燎中,依然有人热爱着蓝色的天空。仿佛从污泥中脱颖而出的白荷,她一边纯洁,一边清醒纯洁来自何处。

污泥是真实的。

多少事物身陷其中。

有成功如白荷的,也有躺下变成污泥的一部分。

后来我们所看到并且赞美的,通常被称为战胜污染的孑立者,缘自污泥的推送。

我想到无法摆脱的现实。

想到站立的高尚。

想到没有屈服的仰望。

我想对着一枝白荷,说出她的根其实始终与污泥厮守。

体内有多种可能。

在污泥的真实中,长出白荷那样的高洁。

她是污泥的新生者,还是污泥的掘墓人?

2024/01/19凌晨

# 与沙漠说

泥土中规模性松散的颗粒,它们密集地展开,躺成现实与记忆中的沙漠。

遇风就会起舞。

遮天蔽日的混沌,沙尘以粗暴的方式证明着它们的存在。

更多的时候,它们会待在原地。

地理上或起伏或广袤的区域,仿佛陆地上海水的沙盘。只是,海浪是干燥的,奔涌的模样最多让人联想到一种象征。

人群中,有人说起人性中的沙漠。

情感的结构需要水去糅合,目光的温润中泊着一个人和另一个人的互动。

如果雨,下在正确的地方,沙漠上的植物可能远不止是红柳、骆驼刺与胡杨那样孤勇者的悲凉。

没有生长,或者缺少生长的土地,沙漠只是它的称谓。

"地理的复杂性,在于自然要给我们留下一个启示。它是人间欣欣向荣的逸出者。它是居安思危的铭文。"

与沙漠说?

就在尘埃落定之后说。

就在想起茫茫沙漠中曾经留下过的脚印时说。

就在绿洲走出神话，出现在我们眼前时说。

沙漠所具有的永恒性，我们的心愿里，也有。

2024/01/24凌晨

# 与丛林说

抱歉,我在丛林中迷路了。

所有的方向都是相似的树,枝蔓丰满的和骨头向上的,我会变成丛林里一个多年以后才被发现的生命?

生活,我要在丛林中给你写信。

如果我真的走不出,雷同的树木将会见证我最后的时刻。

我最后看到的野兽是哪一种呢?

最后一只飞蛾会让我想起从前的火焰?

我知道自己绝不会被动地倒下,我一定会认真地看丛林中离我最近的树木。

无论我是否能够叫得出它们的名字,我都会记住它们各自的形状。

它们困住了我。

在丛林中突围,先从抛弃身边的一棵树开始。

我要向野兽学习。

从树的高处得到果实,从树的一个侧面看到光的角度。从鸟的多寡判断自己的位置。

在丛林的核心,还是快接近边缘。

丛林的法则是否可以无效?

一只不起眼的飞蛾在我面前飞呀飞,它要去田野里寻找花朵。

它是我命运中的向导。

飞蛾站在花朵上的那一刻,我竟然站在人间的烟火中。

走出丛林,除了自己命不该绝,还想说些什么?

不要以为丛林法则不严肃。

宏大的世界观或许无效。

一只飞蛾救活了一盘棋。

丛林森森,看似无解的围困,微小的生灵竟然是你生命中的英雄。

如果我真的写了自以为是最后的信,丛林之外,还是我把信自己交给了生活。

此刻,丛林在身后,信中的内容,生活将不屑一顾。

2024/01/29凌晨

# 与湖水说

无数次夜深时,我聆听你的呢喃。

你深刻并且生动的,一定不仅仅因为你的荡漾。

——在有温度的季节,你的荡漾。

冬天的到来无可避免,你用冰的牙齿咬紧石头垒成的岸。或者从秋天开始显露迹象,你一片一片地收容落叶。

你最温柔的时刻,也不是微风下的柔软。一只水鸟飞起,迅疾又回到在你怀抱等待着的另一只。

水面上,荡开波纹。

这样的意境由一对鸳鸯完成。

湖水里沉淀的记忆,包括雷声与乌云。

它看到的人影,有的奴颜屈膝,有的缺钙的骨头,仿佛媚柳。

你最伟大的,在于你把高高在上的星星收藏在人间的一片水里。

星星在人间的波浪中起伏。

星星在黑黑的夜晚湿漉漉地明亮。

像被感动的关于人的情感。

你这样的湖水,有人站在彼岸。彼岸是一种抵达。

所谓希望,不过是隔湖相望。

湖水中的内涵,都是每个人生命中需要经历的一切。

然后,你目光中没被淹没的部分,成为彼岸的召唤。

子夜时分,与湖水说呀。

水浪细语时,你在听。

湖水和冰一起坚硬时,它的话,你可以看。

如果你真的想对着湖说点什么,就慢慢地等。

等坚冰松口的那一刻。

2024/01/30 凌晨

# 与黄河故道说

我眼前的这条河以及它边上的土地,与黄河的偶然性有关。

千年前,丰富的雨水让黄河走神。

它没有按照往常的路线流入大海,它腰身一摆,向南。

百地之土,组合成后来我故乡的平原。

这条河一路走来所领略的风光,所感受的岁月的沧桑,都变成了庞大的开阔。每一种庄稼、每一个农舍、每一张我乡亲的脸,从清晨到日暮,朴素安详。

祖父说,黄河绕了很远的道,它来这里看看我们。然后又转身离开。

而没有离开的,依旧原地厮守。生生不息。

我的父亲和母亲,在故道边出生、长大、劳作,然后变老。松软的泥土,抓起一把,闻出黄河不朽的味道。它是我童年的呼吸,也是我记忆中的营养。

如今,我也在变老。

与黄河有关的这条河,水入黄海。

仞立的海岸和海浪的对抗,我在别处看过。

我感动的依然是故乡的海岸和海水之间的和解,每一道海浪都能够抚摸土地的肌肤。

仿佛大海与黄河互相拥抱,仿佛历史中让人珍惜的海洋和陆地之间的闲话家常。

黄河故道与大海的缓冲地带,深秋时节海英菜红了,芦荻花白了。这样寻常的景致,却美好成生活中深刻的启示。

黄河回到了今天的黄河。

它的故道已属于黄河的遗址。

对于活在这里的人们,往事即使斑驳,

每一天却都是对它的纪念。

2024/02/02凌晨

# 与苍茫说

慢慢地,我学会尊重苍茫。

起点和终点都只是茫茫无际的一部分,谁是苍茫的朋友?

谁是苍茫的敌人?

苍茫,四季分明。

春天,第一朵开放的花是苍茫的信号。

夏天,第一声蛙鼓比人的语言更加接近热烈。

秋天,第一片落叶证明着有限对无限的臣服。

冬天呢?

第一片雪花,演示潮湿的心和温度的因果。

谁是四季的垄断者?

在夏天说出冬天的话,在春天要求向日葵的成熟和高粱的火红,而真正的秋天却在孤独。

苍茫,是线性的固执。

现在以前的一切皆为往事。苍茫,不负责纠错。现在以后的无际,智慧和愚蠢参半。辉煌可以延续,悲苦可以重复。

我爱苍茫如知己啊。

苍茫对我,最多只会惊鸿一瞥。

无数呼吸里的一呼,无数脚印中的一只。

人间苦思冥想里的一次锁眉,风花雪月中的一个飘絮?

我换着身份和苍茫对话。

我说自己是万能的神,苍茫说,神也不过是苍茫中的一声咳嗽。

我说自己是乞丐,是英雄。

苍茫说每一个具体都是苍茫的乞讨者,每一个英雄仅分为英雄之前和英雄之后。

苍茫的生活,谁有最后决定幸福的权利?

谁,仅会把苍茫命名为苦难?

今天的酒后,我不悲不喜。

没有记住的,没有看到的,以后与我无关的,都让它们叫作苍茫。

那些清醒的、亲密的,想去拥抱的和一冲动就想去决斗的,他们是苍茫中的不苍茫。

活着,在苍茫之上。

2024/02/03 凌晨

# 与沉默说

我喜欢上了孤独。

许多话语已经被穿过树林的风说过,还有一些想说的,鸟群飞载着它们,去了别处。

冰裂的尖锐,在空气中回荡。

春天在即。

我喜欢上了大孤独。

闭上双目,想着田野里的麦苗正在告别匍匐,它们在拔节。再高一点,就可以在土地上和豌豆花、油菜花比邻相爱。

我的心里,顿时充满了季节的暖意。但我还是想沉默。

春雷之前的空气,也是沉默的。

随着日照时间的变长,物语渐渐丰富。

我是物语的聆听者。

听懂了,我还是沉默。

在雨季到来之前,在闪电晃眼的前一天,当我看到粮仓被阳光镀亮,我将有话要说?

我想去看大海。

雨,补充了海水。海浪拍岸,我却依然沉默。

因为我不管说出怎样的话语,都是波涛的声音。

一旦我不再沉默,就会大海一样地滔滔不绝?

2024/03/11凌晨

明天，在时间之外。
它是时间新的可能，它让所有的今天都白驹过隙。
                              ——《时间里》


"理"如果发挥作用，书里的文字，是精神的光，更是夜空中的群星。
                              ——《"理"的作用》


苔痕仿佛一种古典，人们期待着一次鲜活的锋利。
                              ——《陈旧》

# 辑三 时间里

# 蛇形路

途间遇小蛇一条。

花状的线条弯弯地、流畅地穿过路。

曾经在广场或者康庄大道上自由地豪迈，以为越走越宽的路符合我对生活的意愿。

蛇形路，可能更像历史前进的方式。

一些弯，或许没有必要。但是，你看，小蛇游动的样子多么匹配美感。小弧线，避免了恐惧，只象征飘逸。

至于小蛇的真正心思，我无法知晓。

弯曲的流畅，突然让我想到流水。弯曲可以，只是水必须流。

如果水势过猛，就需要加速度。

小蛇穿过道路后，我在路上多走几步。

我没有继续直线地走，也左右摇摆。用摇摆，去表现从容。

信步的理直气壮，竟然是蛇形路给了我的启发。

2023/08/06下午

# "理"的作用
## ——写在嵩阳书院

一棵柏比后来的书声出现得更早。

天道、人道和一切智慧的总称,都被线装成册。

师者领诵,学子跟读,在这样的声音发出来之前,古柏听到的风声、雨声,更激烈的或许是雷。

当马蹄声与鼙鼓同时响起,压制它们的,我多么希望是读书声。比如嵩阳书院曾经的情形。

经天纬地,先从知悉田野上的劳作开始?

然后,每一个文字深深浅浅成人间的脚印,路不斜,足不浮。

小文章熟记于心,大文章就干脆行路万里,在广泛的人群里,怦然跳动的是仁与善高贵的结盟。

结盟一旦有效,欲望的河水将在河床上流淌,河岸两旁,生命和庄稼安然生长。每一个文字都是一粒种子,春天,撒在田野。在书院里发出声音的文字,到了秋天就可以温饱众生。它们生长过程中的禾秆,仿佛土地上生活的人们身体的姿势。我愿意相信,从嵩阳书院里走出来的道理,能够说服任何力量去呵护这些姿势意味着的尊严。

在书院一株已活了4500多年的古柏旁，我想到已知的和未知的人间。

时而日丽，时而雨雪交加的人间，有爱也有恨的人间。"理"如果发挥作用，书里的文字，是精神的光，更是夜空中的群星。

2023/09/27夜郑州——北京高铁上

# 祁山之后
## ——读《三国志》有感

雨云还没来得及把雨放下，风就吹走了它。

祁山之后，是与非都石头一样地沉默。出祁山和干脆就在祁山的这一边，或许都不重要。

关键是一只鸟，它飞过山梁。

它再飞回，然后又一次飞过去。

小鸟能够做的事，一位心高的人岂甘寂寞？

他的行军，选择一条未被选择的路。

结果如何，应该留在将眼前的路走完。

他的壮志，被那只小鸟捷足先登。

因为，飞翔需要翅膀。

他的理想属于想象中的羽毛，他的肉体和骨头，在祁山的另一侧被纪念。

版图的上方，壮志未酬是常见的。

时间是最有效的证人。

两千年后的一个夜晚，有人无眠。

他读着史书，其实也是在缅怀。

2023/10/28凌晨　北京电通广场

## 或者

长鞭一甩,空气就有了反应。

游人如织,宽阔的沙滩上积攒了众多的脚印。

海浪涌来,沙滩上再次失去踪迹。

这多姿多彩的人间,反应也丰富妖娆。

模糊的记忆里,大地上的谷子被蝗虫吃光。

生命的反应是让生命继续下去。

那一次,人吃光了蝗虫。

反应无法被规划,生命实践的有效性在于:

只要不无事生非,生活就不会出现不良反应。

2022 / 01 / 08 午夜

# 多米诺骨牌

把许多砖头直立，推倒第一块，然后就是后面的砖头等待被扑倒。最复杂的一次游戏是用大人们玩过的麻将牌，立成一个完整的圆，这个圆中的任何一张牌都可能是起点。食指一推，原先站着的、稍有间隔的圆，很快就全部卧倒。

只有彻底的直角，才能让一个队列卧倒，另一个队列依旧站立。

后来，知道了这个游戏有一个学术的名称：多米诺骨牌。

第一推动力及其效应。

可以是纯粹的游戏，也会是严肃的警示。

直角或者距离，能够让游戏终止，让惯性的碾压不能完全成立。

当有人再说起多米诺骨牌，我暗自地攥紧每一根手指。让每一张牌都立着，不去依次地推倒它们。

除非人间正在收割。

成熟的稻谷，垂首的稻谷，卧倒在金黄的田野。

镰刀的力量来自收获者。

它与推倒无关。

2022／10／07凌晨

## 蜡烛的悬念

我还是想让那支蜡烛,被点燃在多年前那个风雨交加的夜晚。

巨雷掐断了电源,大大小小的闪电在我的窗外蹑手蹑脚。

一支蜡烛制造出微弱的光。

液体的蜡营养着火苗,闪电也黯然失色?

厚厚的《红与黑》读到三分之二处,蜡烛的光已经矮到了根部。

故事的结局被熄灭的蜡烛打断。

就缺一点点光,我就能看到司汤达画下的最后一个句号。

后来的时光里,每当有人和我说起这部小说,我就回答:结果是一支蜡烛用尽了它的蜡。

蜡封的结尾丰富了情节的可能性。

黑暗中坐着的是我,书桌上有一本没有读完的书。

窗外的闪电继续摇曳。

故事的结局可能是一支蜡烛流尽了泪,也可能就是一直没有停息的闪电。

2022／10／23凌晨

# 谣曲

这个世界每天都有人离去，天堂的模样，他们知道。

这个世界每天都有人到来，关于世界的模样，我们知道。

云在天上飞，人在地上走。

我想唱一首永远正确的歌。

最后的华尔兹用来告别，春天的圆舞曲用于相信未来。

这些年，我知道。

旭日东升我知道，日正当午我知道，夕阳西下我知道。

茅屋和宫殿，我知道。

小房子和大房子，我知道。

里面都会有人走出来，人与人相同，我知道。

人与人不同，鸡犬如果相闻，鸡犬知道。

世界的模样是否已经是天堂的模样，我不知道。

时光如果重来，我知道。

我一定不会错过那个姑娘，不会错过一座山的高度，不会错过再等一个时辰就能等来的黎明。

不会错过击响鼙鼓。

马蹄声急,不能错过那次对决。

向导误我,落单后的悔恨,我知道。

天下事,浩浩荡荡。无数次错过之后,我是旁观的审美者。

我确实唱着正确的歌,却拔高了调门。

为了不声嘶力竭,我沉默。

2022/12/01凌晨

# 一场雪之后

再也不会是原来的老空气了,一场雪之后。

新长出的植物便是简单的味道,属于每一株自己的个性。不是草药被煮的味道,不是草、花朵燃烧的味道。

人们将亲近自然,天空之下的他们不再是被救治者的身份。一场雪之后。

一场雪还没开始下。

足音犹在纷至沓来,冬天应该有的安静,人们仍在期待。粉尘飘浮在半空,阳光照得见它们。

一场雪之后,许多事物会随雪花落下。

被洗净的空间,真正的宽广将无须设防。

肯定有人临窗看雪,岁末,盘点一整年的情绪,那些揪心的、忐忑的,被雪花带走。

但愿不是童话中的那种。

"一场雪不是谎言的一场雪,而是因为预言。而预言每每应验。"

"当然,空气也一改从前。"
是先知在自言自语?
一场雪之后,我也将相信。
任何一句话,都说着春天。

2022／12／31凌晨

# 长出来

春天已到,该生长的就全部生长吧。

野蘑菇和虫子一起露出地面,野蘑菇中间一些是有毒的,虫子当然一贯地卑微。

都长出来吧。

不尽如人意,不是想象中的英武伟大,一些物事哪怕一出现,就令人忧虑和伤感,也彻底地长出来吧。

春天的地面,如果不出现新的,它就会停顿在冬天的荒芜里。

就让郁金香和人间的痴情一起,长出来。

就让春雨和泪水一起,都是生长所需要的湿润。

花开就开一串一串,一串花叫唤着另一串花的名字。荆棘挨着荆棘,春笋挤着春笋,如果生长,春天里最尖锐的,也让它们戳动人心。

长出来,泥土中就没有憋着的委屈。

好看的和丑的,时光里自见分晓。

有用的和无益的,留给生命去判断。

包括憧憬和妄想，人群所在，也密密麻麻地生长。

呼吸，长出来。

叹息，长出来。

春天，事关生长的宽容。春天，鼓励破茧后的蝶变。

生长吧，当梅雨长满河流，当枝头长满鸟鸣，当生长可以先是不管不顾，分析、总结和取舍，它们在生长之后。

2023/02/11 凌晨

# 曙光的正解

有人把我从梦中叫醒。

他说：他希望每一刻都是曙光。

朋友，请不要以曙光的名义影响我的梦。曙光，应该在夜的尽头。

我想回到梦中。

回到梦对现实的折射，回到梦对未来的彩排。

朋友说，他爱曙光，爱那幽蓝的启示。

他接着说，曙光是天的觉醒，当他看到朝霞、流云和露珠，天已经梳洗完毕。

超越长夜的铺垫，直接期待曙光显然是一种焦虑。我的朋友，你的焦虑伤害了我梦的从容。

曙光振奋了你。

曙光也真的在该来的时候一定会来。

但我想让我的梦想有头有尾，比如在海浪的边上，我梦见高高的椰子树。梦见我爬上树身，摘下几个椰子。

这还不够。

我要在梦中切开它们,椰汁缓解了我沙漠般的干渴。

然后,我再梦醒。

然后,曙光初现。

像你一样,我的朋友,我知道一个概念在你心中的重要性。

给它一个正解:我们一起入梦。

2023／03／12凌晨

# 黄铜

黄铜般浑厚的时光,浇铸了多少生活的内容?
一个人的苦难,也是黄铜必须的原料?
一个人的幸福,是黄铜表面的光泽?
时光的外包装是坚硬的,用食指叩击它,里面的往事会发出怎样的声音?
自己的往事,你能够完全听懂?
含糊其辞的部分,或许就是历史的盲声。
声音中悠扬的,就当作生活中的超然物外。你不能听出噪声,你不能什么也没听到,仿佛过去的一切心甘情愿地鸦雀无声。
黄铜般浑厚的时光,请原谅所有的怠慢。
随波逐流被省略,我只是最初的自己。你所认识的黄铜材质,它也包括我。
你是谁?
我之外的客观,属于永远严肃的注视。
未来的时光将继续黄铜般的浑厚,新的发生是新炉中的铜水,只需重新冷却,黄铜就有了关于未来的新的记忆。
也是对今天的总结,也是对明天的期待。

2023/05/04 凌晨

# 陈旧

苔痕仿佛一种古典，人们期待着一次鲜活的锋利。

有态度的物事被人间的脚印覆盖，什么已经被磨平？

什么样的光芒又被时光擦亮？

档案里陈旧的事件，安静地躺在灰尘中。

历史的一只眼睁着，它看到被忽视的努力长矛一样地刺向空气。

它的另一只眼，盯牢那些崭新的。

当苔痕遇见雨水，苔痕的面积将在明天扩大。而雨水冲刷，蒙尘的假象经不住一洗。

我的心是古典的，所谓陈旧，就是一种守住。那些创造性的悸动，是陈旧的涅槃。

浴火或者风雨的考验，属于我对未来勇敢的拥抱。

不抱残守缺，只抱紧雨后春笋。

它是一次出击，是新的突破。

2023 / 06 / 13 夜

# 广阔

紫燕的翅膀一扇,我就知道广阔的另外的含义。

比如,紫燕一直含蓄在屋檐。它辜负了飞,广阔和它还有关联?

燕子是腼腆的,它即使放弃暴风雨中的奋斗,我也会理解它的顾虑。

它是世间非常普通的燕子,一次,天空布满乌云的重,蜻蜓在低空飞。

我看到燕子没有放弃真正的飞翔。

它飞过来,捕捉了一只蜻蜓,然后快速地飞回巢中。我认真地注视屋檐下它的隐匿,听到雏燕的呢喃。

燕子的广阔,一开始与勇敢无关。

它是为了燕子家族的未来。

我们面对燕子,会为自己的不广阔而羞愧?

我们躲躲闪闪,龟缩在安全地带。

我们的孩子事关未来的真理，今天的我们应该如何去做？

在暴风雨来临前，燕子再一次飞出。

它的孩子还需要更多的蜻蜓，雷声突然响起，它恰到好处地叼住又一只蜻蜓。

它的孩子可以在暴风雨期间不饿了，在吃饱了之后，慢慢地暴风雨会洗礼它们。

等到孩子们的翅膀一硬，广阔因此可期？

2023/06/15凌晨

# 纹理

一个崭新的树桩吸引了我。

直径很大,纹理呈圆形,弹性十足的圆形。

最中间的纹,是个实心。幼时的树首先要长高。

一圈一圈的纹理在实心圆的外围展开,它们间距不大。变粗的过程看来不易,一年一圈,十圈之后,树的腰身已非等闲。

第十一圈那年,肯定风调雨顺。

它拉开了同上一个圈的距离,痕迹丰满。那个年份,显然营养丰富。

随后的三个圈似乎犹豫而模糊。树身依然在变大,雀儿在树梢欢呼,鸣蝉们整个夏天都鼓励着这棵树。

我看到树桩的时候,第十五圈纹理隐隐约约。

树的生命被一把锯子总结。

拿锯子的人也已经携着木材离去。

树桩上的纹理渗出树汁,

阳光一照,亮晶晶、亮晶晶的。

2022/09/30下午

# 钟乳石

液体的石头被时间里的空气抓牢。

滴水穿石似乎不再是真理，上面的水亿万年地滴下，神明的手一毫米一毫米地伸下来，它要握住下面不断升高的事物。

当钟乳石柱终于双手相搭，我对着溶洞中的柱石久久注视。

谁在上谁在下这样的小心思，不过是人间的恶作剧。

水滴落下时，以固化的方式保留万分之一的自己。还有万分之一被向上的力量挽留。

擎天之柱，缘于上下同心。

一只黑蝙蝠撞到了石柱的中部。

它的父辈可能告诉过它这个中间部位是可以钻营的缝隙？

都说黑蝙蝠善于盲飞，柱石之美却战胜了它的经验。

我双手抱柱。

这湿漉漉的时光之肤，洞外的一切已经苍老，

唯造化永远年轻。

2022/10/03 凌晨

# 两难

十月,向日葵被收割。四月,郁金香正在开放。

我在纸上画下一根轴线:郁金香——向日葵——郁金香。

我向前回忆的时候,郁金香早已成为往事。明年四月,郁金香还会开。在向日葵的坐标上,明年即将开放的郁金香,属于期待。

我站在向日葵被收割后的田野。想到分别属于过去与未来的郁金香,它们是我肩头的一副担子。

过去和未来,我是在平衡它们?

过去,一想到过去,它是教材、是营养,也可能是感伤的叹息。

而未来呢?安慰、希望与鼓舞?

在向日葵的地理上,我肩头的担子两端都只是郁金香。

此花还会是彼花吗?

明年四月将要开放的郁金香有我一朵么?

如果我一恍惚,认为我的那一朵已封存在过去的四月,未来也会令人感伤?

向日葵被收割时，太阳已经落山。

在这个地理坐标上，如果想起郁金香，就忘记时间的具体。

一副担子的两端，都是郁金香。

回忆是它，期待是它。感伤也是它，希望也是它。

两难之后的从容，田野那样地空旷。

2022 / 10 / 06 晨

# 时光

当时光对应到我的时候,在这块土地上我已认真活了六十年。
如果是一棵树,体内的纹理一圈圈地积累着岁月。疯长的枝蔓肯定被刀剪修理过,一些顽固的树瘤证明着生命里的刻骨铭心。
但是,树确实长高了。
树冠间假如有雀巢,那也是鸟儿把我的沧桑建设成它们温暖的家。
或许就是简单的一棵高粱?
重复地生长,重复地被收割。
重复的几粒种子,几乎一模一样的头颅。
每年的秋天,我是旷野中的一束红。
直到有人邀我,在树下共饮一壶高粱酒。
直到我酒至酣处,那些是是非非,那些爱恨情仇,只一声长啸,然后便是一位老者和他眼中的苍茫。

2022／10／18凌晨

# 司田者

我想向一块土地上所有的可能性学习。

稻谷成熟后,谦卑地低下头颅。小得不能再小的蚂蚁,土壤里必有它们的家。

给我一亩。

土地对于我,就不再是一种概念。

我是劳动者,也是主人。

因为春天的扶犁,我要尊重一头黄牛。

我要善待种子,需要了解它们的脾性和土地的态度。

长出来的苗,将准备雨露去滋润。

要有正确的办法去对付害虫。我自己一定要勤奋,浇水、拔草、施肥。

让我司田,我是快乐的。

茁壮成长的禾苗,我会善待它们。劳动者是庄稼的慈父。

庄稼和植物,种类繁多。

我会尽我的所能,让这一亩田长出的事物丰富多彩。

只是不去栽寒梅,凌霜傲雪的事有我就足够。

也不会栽下竹子,形式上的气节,怎能与我体内的骨骼相比?

2022/10/28凌晨

# 身体的变异

有一天,一对铜号从我的耳朵里长出。

和谐美妙的声音如乐曲,我的耳朵听过;真理和谎言,也都曾在耳畔响起过。

当我的左右耳变成铜号,耳朵要发出自己的声音。包括我的心跳,对人与事的赞美或者愤懑,铜号不再被动地聆听,它们将自己嘹亮。

有一天,我的眼睛突然拒绝睁开。

双目里的图谱自由地组合,黑白的、绚丽的,一切的景象都保留在我瞳孔的胶卷里。

或被曝光,或被冲洗。

谁想知道我目光里的秘密,她要具有足够的魅力,我再次睁大眼睛,是我自己,我想看天看地,看人间的风云。

身体的变异有时属于错觉。

比如我的嘴,它忘记呐喊,只缄默。

比如我的鼻孔，渐渐地学会藕孔那样地呼吸，污泥状的物质即使将我掩埋，我依然没有窒息。

自从我在苦寒的边陲看见过一株白杨，我开始担心我的脊梁。

气候严酷，但白杨挺拔。

我的脊梁，它不能弯曲，屈身佝偻。

2022/10/30凌晨

# 时间里

昙花，在时间里。万年青，在时间里。

逐鹿中原的，在时间里。纵横捭阖的，在时间里。

风和日丽，在时间里。淫雨霏霏，在时间里。

天寒地冻和春暖花开，都在时间里。

悲伤的往事与开心的记忆，也隶属于时间。

时间这个大容器呵，它无所不能。

有一次，在旷野中我拍着手掌，想拍出闪电。

可是，面对时间，我不过是浩瀚中的一粒沙。

将和无数熟悉的、陌生的人一起，从时间的指间漏下。

只有一样东西，让时间总在紧追不舍。

时间，追到了一个明天，装进容器变成了今天。

时间，能追得完明天吗？

明天，在时间之外。

它是时间新的可能，它让所有的今天都白驹过隙。

它让时间，向前。

2022/11/26凌晨

# 蝶变

在世人的熟视无睹中,软体的虫习惯了卑微。

直到它破茧,飞出。

从蠕动的爬行,到展翅飞翔,它实现了站立者的尊严?

茧,体积不大。

一些人在里面郁郁而终,一些人壮志未酬。

另有一些人,还在继续作茧自缚。

一想到满园春色,就从我开始蝶变吧。

小小的蝴蝶飞呀飞,一个活着的、色彩斑斓的微观,一朵花将盛开,一枝笋将破土。

天空变蓝,空气会新鲜。

蝶变之前的蹉跎,不妨说成是霜打红叶。野火烧尽枯草,我预言:新绿会漫山遍野。

飞扬的未来,应是蝶变之必然。

2022/12/08凌晨

# 第一朵花

不是被蜜蜂发现的第一秘密。

一朵花的真正开放,不是在花开的地方。催生的元素,隐匿在四野。

春天里的花,属于每一个陌生人。

时间到了,苦难也会结痂。伤口处绽开的花朵,不是真正的花。

花香的被传播,养蜂人是知情者。

能酿蜜的花,将冲淡人间的愁苦,但它不是第一朵花。

繁花锦簇,创作之美也能栩栩如生。

雾霭起于暗夜,睡梦中的你、被岁月腐蚀得渐渐茫然的你,第一朵花就在你这里。

它从骨头里动身,从呼吸中开放。

兰的幽,梅的傲。无数个你,便是油菜花那样地普及。

第一朵花开给你自己,也是你自己。

生命中的话语经常不断地重组,你是第一朵花,是最重要的一朵。

如果自己需要被发现,你是蜜蜂,你是养蜂人,你是栽花者,是护花使者。

虽花开花落,你是自己的赏花客。

2023/01/14凌晨

# 执着

一仰头,我的双眼就装满了星星。

冬天的夜色下,北风呼啸。

在夜的尽头,阳光照耀着的生活,我会好好地去看你。

夜色中,我没有惶恐不安。

看不见就是看不见。

缺席的闪电,将在梦中被雷声追逐。

万物必将苏醒。

在夜的尽头,一叶草睁开惺忪的眼。一朵花,晨曦催亮了露珠。

我也将容光焕发地在田野上劳作。

仿佛已经结束的夜晚,不曾存在。

这热气腾腾的人间,我要好好地爱你。

敬重你,参与你,厮守你。

直到另一片夜色来临,

直到我的双眼再次装满星星。

2023/02/02下午

# 心灵史

飞鸟和天空的辽阔，要了解它们的关系，需要问一问每一只鸟的双翅和它们每一次的扇动。

如果翅翼振动的力量小于风暴，如果天空就是永无尽头，鸟巢坚定在原处。

阳光投下飞鸟的影子，上面的飞变成土地上的滑行。

荆棘丛生处，影子越过。鲜花盛开处，影子不停顿。沟壑与壁垒，飞鸟和它们的影子共同一飘而过。

如果仅观察影子在地面的前行，会看到它们磕磕绊绊，看到它们跌进深渊，然后又爬了上来。

抚触着人间的地形，经过各种物貌，影子无声，飞鸟的翅膀击打空气，它们啾鸣，仿佛给自己的飞行励志。

想到我们自己的生命，我们一直在人间。

如飞鸟的影子。

但我们还有飞翔的那部分。

心灵生出两翼，置身于天空的空旷中，一次又一次地振翼。

或飞出人群的视线，或飞回等待着我们的那个巢中。

另有一种可能，就是一直在飞。

2023 / 03 / 25 下午

# 两只眼睛

我辜负了黎明前的光,以为黑夜会继续。

用长焦距把启明星拉近,这只眼睛从来都没有浑浊。

一整夜地观察着人间,直到地面上另一只眼睛也彻夜无眠。

我们一起为即将到来的白昼而欢欣吧!

为眼神找到眼神而高兴。

夜幕笼罩的事物很快就会具体而亲切,包括中山陵下的宾馆的一个房间,有一个人认真地望向窗外。

他知道夜晚即将结束,它的使命已经完成。下面,他要面对的是如何不丢在光明中———

一棵树那样地具体,一只蝴蝶那样地从容。

两只眼睛的上与下,高处的光和人间的天欲晓。

2023/05/25凌晨 于古都金陵

# 秋千戏

先看清楚秋千的质地：坐板是金丝楠木的，闪光的线条生动着材质的高贵。

两侧的牵索由浑铁打造。摇摆时的拉扯不会让它们断裂。

今天我有闲情。你坐上去。谁在秋千上坐下，谁就是这个傍晚的主人。

西沉的太阳和推秋千的我。

你闭上双目，只管摇晃。

向前如飞鸟，向后似徘徊。

双脚不动就可大步流星，身子后撤时，耳畔的风响起。

秋千戏我，我戏你。你戏漫漫长路。

百推之后，晚霞如血。你从秋千上下来，脚步恍惚。

秋千戏，不分前后。

你和我一离开，秋千归位，像极了一个静物。

2022/10/12凌晨

# 悖论
## ——写给故乡

从枝头离开?

你可以背叛自己的巢,但是不可以忘却那棵树。

一根一根的树枝,你收集。

当巢成为现实,你要飞远?

重压之下,焉有完卵?

什么是你真正的负担?飞远,简单的飞远,证明你对出生地的背叛。

当你无法控制自己的情绪,天空在鸟巢之上。

你究竟是离开,还是原地厮守?

还需要答案吗?

我理解一只鸟的困惑。自己建设的巢,自己放弃。后来的日子,雨水打湿了翅膀,飞行多了雨的重量。

当我再次回到故乡,我看着阳光下的乡村路,豁免了所有从这条路走远的人。

寂寞的鸟巢,我理解了它的孤独。

一个人不能没有远方,最初的巢可以成为哲学。

小鸟离开后,故乡记住了它。

离经叛道者，是真正的勇士。

故乡，以沉默的方式望着你，你所在的地理，或许只是故土的延伸。是的，故乡很大，能够装下整个江山；是的，故乡很小，只能容纳一颗心。

老时还乡，忘却故乡的广阔。

我愿意是故乡的一个标点，蝌蚪那样地柔软。

请允许再给我一些日子，

夏夜的蛙鼓，证明着一个游子的心跳。

2023/04/29夜

# 留下

草原鼠离开吧,把草根留下。知了爬上树梢,蝉蜕留在树干上。

一场大雨被彩虹带走,地面上的蚂蚁们留下。

记忆中那个小村子,炊烟向上,天空中的风云有一部分是它们的。那些砖砌的、泥糊的烟囱,留下。

一个又一个人,老了。骨头留下。

六月初的一个雨夜,星星们掩身远去。天空留下。

这些留下的物事,被留下来的我一一记住。

2023/06/03凌晨

# 草堂问

茅屋的主人一定是杜甫吗?

现实的、真实的,同时也是历史的。杜甫是这间茅屋的主人。

为什么必须有一阵秋风?秋风为何非要吹走一簇茅草?

金子是重的,秋风吹不走;宫殿是威严的,秋风不敢戏弄。

杜甫看着散乱而去的茅草,他想到断了线的风筝。

风筝在天空挣扎,许多人的命运就是这样形容的。

杜甫说,他想盖很多很多的房子,天下人,每人一间。

掸去档案上的蒙尘,真相就是答案。

斯人已逝,愿望没有完成。

让自己有一间屋子,秋风欺负不了它。村夫能够做到的,一个写诗的人,却在历史中仰天长叹。

未被完成的才是愿望?

杜甫于是只有写诗。

多年以后,金子易主,大殿坍塌,秋风秋雨护卫着岁月的诗句,日子以及日子里的怀念,真的如同不尽的长江,滚滚而来。

岁在辛丑年秋,我是杜甫草堂的一个游客。

我问草堂,那簇茅草找回了吗?

草堂问我,后来那些写诗的,心中还记得茅草么?

2021/10/25凌晨

# 石碑

肉身曾有过的努力,不能虚无。

呐喊、搏击,向前。肉体在地面消亡的人,他们的影子长出了翅膀。

与衔草结巢不同,灵魂的鸟群各自安身于一块石头。

石头叠加,这高高的石碑,让我在一个多云的下午神情肃穆。

生命纪念生命。

俱往矣,不叹息。

石碑前,未来继续。

2022/09/23凌晨

# 古戏

衣着、站姿和言说的方式,都是特定的。

我看古戏,经常佩服那些戏中人。说着说着,就唱了起来。

戏文编排得有好有坏,唱功是必须的。

戏分南北,唱分东西。

地方主义的风俗,皆进入美学的视野。

角色中的男女,有时一看便知,有时需要一唱。角色在戏中的活动,由脚本拟定。杨柳腰、剑形眉、彩云步,或楚楚动人或豪情撼天。

耕夫和渔姑,即使化了妆也上不了台面,所以,他们在古戏难得一见。

最让我希望假戏真做的是脸谱。

忠臣与奸佞只需一眼。英雄和懦夫高下立判。

美就是美,丑只能是丑。

脸谱也会不尽人意。谁高尚谁卑鄙,一张脸说了不算,这个时候要考验观者的耐心。

戏文结束时,看看谁跪在舞台,谁把脑袋磕得如捣蒜泥。

看古戏偶尔会让我忘记自己本是今人,入戏后仿佛自己也成为前朝往事。

直到剧终,戏者集体谢幕。

那些倒下的、被英雄斩杀的,重新站在剧组中间,我会从戏中醒来。

古戏之后,我要把现实主义进行到底。

2022/12/17 凌晨

# 乌木维纳斯

我想拥抱眼前的世界。

这随时可能更加浑浊、无序的世界,我想伸出双臂拥抱它。

柔软的手掌,抚摸天下男人日益衰老和布满皱纹的脸。

在分裂的与对抗的地带,我插上绿色的橄榄枝。

仇恨者知道有爱,恶者回到悲悯。

我把那些久久匍匐的人,一一拉起,让他们都重新顶天立地。

我,召集无数个我,一起好好地爱他们。

手指梳理长发,大地上的森林,响起百灵鸟的歌。

当我站成一尊雕像。

我永远无法回到从前。

那么多应该拥抱的,但我已失去双臂。

那么多应该抚慰的,但我已失去双手。

尤其当我是一尊乌木雕像,在人间与神的世界,我不再洁白如玉。

我的躯体由坚硬的黑暗制成,如果依然有人称我为女神,那只是乌木兑现了它对美和光明的承诺。

我想要自白的是,我将以纯黑的细腻,观察人间的爱与美。

绝不做旁观者。

2023 / 01 / 30 凌晨

# 档案里的铁匠

铁锤和铁砧之间,一块烧红的铁等待着被敲击。

"咚咚咚",再"咚咚咚",火星溅到铁匠的帆布护兜上,好像红铁滚烫而多余的语言,每一个铁匠铺的地上,都布满了形状各异的铁屑。

铁锤继续。

红铁终于无话可说。

想知道铁匠的意志?

先看他的手掌,厚茧密布。天啊,他臂膀的肌肉如老树躯干上沧桑的瘤。这魅力四射的强大之美,劳动者将为红铁塑型。

红铁变镰,田野上必有麦子和稻谷,它们从自身的成长中走出,走进粮仓。

红铁成犁,种子将撒在犁沟。土地上的事物一茬又一茬,它们生生不息。

红铁为斧,世间冥顽不化的存在应该被砍伐。

铁匠用锤子敲呀敲呀,红铁变成锤子下面另一把锤子。一些锁链就要被砸碎。

多年以后,铁匠的意义只能在档案中寻找。

多年以后的今夜,我打开尘封的记忆,饮尽一壶烈酒。

双目如火,红铁依然在我的体内?

我是自己的发现者?

当我突然缅怀已经逝去数年的铁匠,

每一滴泪水都是一粒火星。

2021/07/07凌晨

# 梅花石雕

冬夜,我在寻梅。

它在骨头上直接绽放,而人间的皮肉正在接受零下九度的考验。

一个工艺大师,他专擅剔骨。

还好是梅花,它少了一层皮肉的柔软。骨头剔去后,又遇到更柔软的。

骨髓是梅花开放的秘密。

在坚硬的冬天的天气里,梅花香啊。

香得让我怜惜,香得让我刻骨铭心。

这还是我案头的一尊梅花石雕吗?

花是硬的,枝头是硬的。背景,同样是硬的。

柔软着的,难道又是我的心?

2021/12/27夜

# 爆米花匠

被炭火烧烤久了，内心的热浪需要一声爆破。
随之而出的是高温难忍的玉米，从炸裂的地狱之门暴动着进入人间。
已经花一样地面目皆非。
创造者，一手扯动风箱，炉火旺盛。一手转动封闭的圆形铁锅，玉米粒翻滚的声音，一会儿松散，一会儿紧凑。
他一旦手足齐上，事物就不再是原来的事物。
玉米粒开花了！
我的童年，胃口大开。
至于爆米花匠劳动的全过程，对后来更长的人生产生什么样的譬喻，一个孩童，在"嘭"的一声后，有了他最大的喜悦。
滚烫的花朵呀，唇齿留香。
大地也芬芳。
这有效的味道，令一个孩童的热爱变得简单。
几十年后，每当世间五味杂陈，那个爆米花匠就会出现在我眼前。
当他的劳动成果热气腾腾，他点燃一袋旱烟。
这个场景，是其他味道最好的解决方案。

2021/12/29凌晨

# 扳道工

庞然大物如火车者,听从于一个扳道工。

一个有梦想的扳道工,他能够解释一列火车的出轨、并入新轨的理由。

他的手臂一用力,这列火车就有了另一个目标。

天际的风呼呼作响。

一列火车奔驰,向远方。

田野里的景象在后面模糊,劳作的人群以手遮额。

火车留下了这些。也留下我。

多年以后,人们会回忆起这次的风驰电掣。

而我,或许会重新思考扳道工这个职业。

2022 / 07 / 23 下午

# 剧透
## ——电影《消失的她》观后

在一束光射向银幕之前，故事是保密的。

悬疑剧的音乐一般都是怪怪的，如同喜悦者会大笑，悲伤者会哽咽。

片名也会泄密，"消失的她"，银幕上的字把故事的结尾提前。

潜水，是对呼吸的考验。如果你不是鱼，风险就已经提示。

而在水下看星空，美丽的童话是生活中经常出现的谎言。

谎言是故事走向的伏笔。

爱情有毒？

当一种获取省略实际的劳动，编故事的人可能同时就是强盗。

电影里的她，结果真的消失。

剧情前的我，认定强盗的胜利是暂时的。

人心是最有力的剧透，真相，一边残酷，一边安慰着生活中的我们。

谁也不要认为他可以任性地制造悬疑，直觉、推理，以及被生活折磨得遍体鳞伤的人们，他们眼睛雪亮。

他们有权等来一个回答。

悬疑剧的一厢情愿，其实不堪一击。

2023/07/04凌晨

# 摇篮曲

当你感到内心正在衰老,脚步渐渐蹒跚。

听一支曲子,万物回到最初。

风雨如晦还没有发生。

雨过天晴,初生儿眼里的天空,清洗后那样地澄明。

时间是一首不变的歌。

摇篮里的生命,是——

从纯洁的莲花中诞生的孩子,

从泥沼中刚刚爬上岸的孩子。

他从云层中随雷声而降临,第一次睁眼就俘获了天空中的闪电。

这首歌唱响之前,空间或许被虚无撑破。

一个孩子挺身而出。

歌声让他的梦甜美,世界被一首歌唱醒。

曾经以为,不同的场景只是变换了的时间。

唯《摇篮曲》没变。

摇篮里出来的人,离开后出了远门。

曲调悠扬舒缓。像头顶的草帽被风吹落山谷,总有那么一些时候,摇篮被遗忘。

没事的,宝贝。摇篮会等来新人,他先是聆听,然后将和时间一起,唱起这首不变的歌。

2022 / 12 / 20 凌晨

# 然后

真正的死亡在已死的天空,而非虚构的山谷。

——雅贝斯

虚构出来的山谷,不适合奋发图强。
虽然归隐和逃避的主张自古就有,但山谷里的从容,我已把它看成是生命的伪证。
假如天空真的会死去,人们从此就无处仰望。
天空是人间的外延。
外延无边。
然后,已死的天空,其实不是客观的天空。
然后,所有活着的人们,不能心灰意冷。
然后,虚构的山谷如果成立,它或许就是死去的天空向大地的一次迁址。
让天空永远和我在一起。
然后,雅贝斯的错误是致命的,他让天空的喻体死亡提前。
我希望自己是正确的——
人间的外延永恒。
一切,将是窒息后的复活。

2022/12/06 凌晨

# 荒原的倒叙

没有什么是天生的,荒原也不例外。

——题记

### 一

回到水。

天空倒映在大地,天和地,可以这样地在一起。

谁是谁的天?

回到水,天的身段涟漪那样地柔软。

荒原,干燥和冷漠共同制造。

回到水,荒原将夭折。

### 二

尊重地心滚烫的熔浆。

允许火山风景那样地喷发。而不是让它在大地内部广泛地奔突,地面上的生机被烤焦后,荒原变得理直气壮?

尊重生命的气象。

不能用一颗心去堵更多的心。心灵都洋溢自如,荒原将无法在精神里驻扎。

## 三

回到语言的富饶。

允许花朵说着小情调,鼓励小草去歌唱。

维护每一棵庄稼对土壤和气候的批评,赞美松的挺拔、竹的气节和蜡梅傲雪。

人群熙攘,市井亲切。

家常话拒绝语言的荒原,假如荒原还要颓丧生活,我们永不答应。

## 四

倒叙结束,客观的荒原确实存在于地理内外。

谁在谁之后,比谁也回不去最初更加重要。

知道有荒原就行了。

知道荒原以前或许不是荒原,它可能是土地的,有可能就在我们的体内。

知道这些，就足够了。

## 五

我有了新的勇气。
我有了新的目标。
荒原在荒原里，而人回到人。

2023/01/16 凌晨

# 陨星

一颗脱轨的星,疾奔而下。

加速度的摩擦力,令看到的人感受到了坠落时的灼热。

星体变成燃烧后的气泡,在宇宙的空旷里,一颗星昙花一现。

人们熟悉的星空,只是少了一点亮。

在不知名的黑暗的别处,仅存的、滚烫的星骸找到了它的归宿。

洪荒了亿万年的草莽,以身体接受这飞来之火。

它的肉身,忘记了被撞击的疼痛。

因为被忽视太久,它的情绪瞬间爆发。

当最繁荣的部分化为灰烬,脱轨的星,在何处安放?

许多年以后,曾经的燃烧已经冷却。

关于陨星的记忆,凹陷成盆地。

没有落下的星辰,灿烂如天空的眼神。

它们发现盆地,犹如人的心窝。

很久很久以前啊,它们的一个同伴,

如今在很深的地方跳动。

2023/01/25午夜

# 涅槃

飞舞的凤凰代表了空气的流动。

在地面待久了,许多的存在想要飞。人世间积累的重量,让我眼前的人们,不是匍匐着面对每一天的生活,就是干脆坐着。

因为他们已经非常沉重,稳如泰山应该是不错的世界观。

当太阳染红了云朵,火凤凰展现了天空的力量。

任何人,不能对地面上事无动于衷。

认真播撒的种子,符合粮仓的期待。

劳动的人们,从不一蹴而就。

他们早晨起身。

他们日没而息。

他们在梦中悄悄地许愿。

每当有人居高临下,他们不因梦破而叹息。

他们搂着月光。

他们凤凰涅槃。

2023/01/26凌晨

# 执着

一仰头，我的双眼就装满了星星。

冬天的夜色下，北风呼啸。

在夜的尽头，阳光照耀着的生活，我会好好地去看你。

夜色中，我没有惶恐不安。

看不见就是看不见。

缺席的闪电，将在梦中被雷声追逐。

万物必将苏醒。

在夜的尽头，一叶草睁开惺忪的眼。一朵花，晨曦催亮了露珠。

我也将容光焕发地在田野上劳作。

仿佛已经结束的夜晚，不曾存在。

这热气腾腾的人间，我要好好地爱你。

敬重你，参与你，厮守你。

直到另一片夜色来临，

直到我的双眼再次装满星星。

2023/02/02下午

# 一种宣言

相比脚步,我的心更快。

是生活让我沉重吗?生活中的每一个日子羽毛一样地飞。羽毛如果加上理想,它一定胜过地球的自转。

心的速度超过脚步,因为什么?什么样的内容如铅?灌满了轻盈,轻盈蹒跚。

相比羽毛的飞翔,目光的速度是否已经落后?一座山阻挡了视线?一个人的速度只能打败灵魂的飞扬,世俗之身也只是世俗的重。

轨道的匀速,如果遇见爱的冲动,心跳能超过脱缰的野马?

事实上,无论是怎样的生活,有什么能够妨碍我天马行空?

不着一字,写尽天下的书。

不发一言,人间的语言从此苍白。

生活,可以不停顿地仿佛知己。即使知己背叛了你,不妨让她顺延为下一次的爱情。

我对生活说尽了爱。

即使沮丧,也是不爱之爱。

特殊的情况下,我的宣言出于无奈。

无奈的情况下,我的宣言白驹过隙。

$\qquad\qquad\qquad\qquad\qquad\qquad$ 2023 / 02 / 04

# 时间差

冰和波浪之间，只隔着一声春雷。

拥抱春天的抒情，岂能等待气候的规划。伸出双臂，田野里在悄悄生长的，身体里可以先行生长。

冬季皲裂的树枝，春芽的出现就是简单的一次突破。

把冬天里的听天由命，提前为春风拂面。

解放了体内的冰，心跳自由。这顽强而持久的鼓声，绝非他人擂响。

自己为自己击鼓的时候到了，向前走一步，便踏上春的领地。

再走一步，百花盛开的景象一定让冬天的冷面孔无地自容。

所谓的时间差，不是时间的先后。

它是必然致用的观念，是无法按捺的关于未来的期待。

甚至不用等到春雷，冰裂的脆响意味着下面的水开始表达它的态度。

或者，更应该看成是冰自己的自我反省。

时间一到，它将从坚冷回到水，回到波浪，回到蝌蚪和鱼群的游弋。

2023/02/09 中午

# 天柱山

直到我终于站在这座山的脚下,看到它的头颅萦绕着雾的哲学。
我才意识到高铁漫长的延误,
不仅仅因为雨雪,而更是走近它之前所需要的一次测试。
当我和诗人张执浩相遇在山顶,他说真冷。
"如果感到冷,我们就干脆去更冷的地方。"
这是生活必须要经历的考验。
天柱山擎天的姿态,启发着在生活中匍匐已久的我们。
要么不站,要站就站得顶天立地?
我要寻找的脊梁,我所无比珍惜的脊梁,此刻,就是我眼中的天柱山。
我想站到它的头颅没有了雾状的忧郁,想站到黎明和黎明后温暖的日出。
当太阳照耀着大地,人间的挺拔才真正开始清晰。
这种挺拔,谁也无法忽视?
也是每一个人,突然发现自己的体内都有一根发光的骨头?

2023/12/16凌晨

# 看不见的寓言

来自土地深处的力量，选择了笋。

有人折断了它们，有人挖走了它们的根。

贤者不能在竹林里安家，还有谁，想证明自己就是整个竹林？

某一年春，我是一名竹海中的旅者。

一位老樵夫带两个孙子在熟练地挖笋。他们只挖去独立凸起的，周围的根须留下。

我戏言："老乡，你挖笋的时候真像古代的暴虐者。"

老樵夫不以为然。

"暴虐者？他岂能允许别的事物尖锐挺拔。而我呢，只是为了让全家活下去。

"另外，你难道没看到我留下的须？几场春雨后，将是另一群笋。我既能活着，又没有把它们赶尽杀绝。我错了吗？"

我在竹林里继续行走。

竹海一年比一年庞大。

我在一株竹子的腰身上看到一行字："小翠，我比春天更爱你。"

我想记录下来那次的所见所闻，

却写不完整看不见的寓言。

2023 / 12 / 21 凌晨

# 空白期

雪在的时候,你容易把脚印留下。

深浅不一,你是否踩痛了雪,雪无言。

如果阳春三月还没到来,就好好地珍惜二月。

所有的绿,一起集聚在树皮的内部,包括土地的冰层。

人心的暖,只是暂时藏在羽绒服的内衬下。

之后,阳光晒一次,树皮会薄一点。再晒,泥土会变软。然后,人将不需要御寒。

暖天气里的花朵,感动的泪水如同春雨,身体中被屏蔽已久的冲动,渐次地飞出来。

如蝶,如蜜蜂。

不久之后,春雷会响。

扶犁的人甩响长鞭。

二月不能省略,它是冬天的余音。

你要珍惜它。

伸不开手脚的时节,你依然要重视它。

是预热而非误判,是期待而非失望。

春雷在倒计时,你就要等来花开的声音。

2024/02/28 凌晨

# 有根

生如寄，你我皆漂泊。

哪一个剧情里的话？已经不再重要。夜深时望天，每一颗星钉在天幕，人间的风云擦亮它们。

它们在黑色中亮。

星星们知道自己的位置。它们不漂泊。

我也知道自己的位置。

不随风飘荡。

如果非要行走，就哪里也不陌生。任何敌意的、友善的，都是邻里或亲人。

如此，生便不寄。

它会被具体的泥土拱卫。

树木一样地生长，而且还不会寂寞。

夏有鸣蝉，秋有飞鸟。

即使到了冬天，一场大雪后，将是他人眼中的银装素裹，更是自己的一世清白。

怅寥廓，我有根。

2024/04/26凌晨

代后记：

# 格物、及物、化物及其他
## ——我的散文诗观

散文诗的根部属性是诗，散文诗的写作者如何走出身份的焦虑完全在于文本是否真正抵达诗。

走出对事物影像的过度描摹和轻易的抒情，以思想和本质的发现进行诗意的呈现。鉴于散文诗在叙述上的优势，写作者更要清醒自己在场的意义，让作品能够超越平均的立意，文字中料峭的部分便是你的写作价值。

我从未认为一种文体能被人为地边缘化，如同玉米绝不会被高粱覆盖，它们都是土地上美好的庄稼。分行或者不分行，只要是认真写诗，就能把深刻的丰收写进粮仓。

我们应该记住：散文诗是一种复杂的书写，是更加复杂和隐秘的诗。散文诗中的"散文"，应该是一切因为诗，或者，一切最终是为了诗。故散文诗中的"散文"，更应是呈现对象的具有转喻意味的铺陈，它与传统的散文是裂开的，是诗性、思想性的媒介手段，是事物本质的平行言说。

至于我个人的写作实践，近年来，我一直坚持对目标事物的本质进行诗意的呈现，充分发挥散文诗对未来时空的一种预言性的优势。从方法论上来说，注意"格物、及物与化物"。所谓格物，是指我们如何从所接触到的事物中获得自己所需要，同时也对他者有意义的启示；及物，要求我们的写作必须在场，必须食人间烟火，必须能够让我们的写作去唤醒更多沉睡的经验；化物，要始终清醒写作主体本身的情感和知性的转换贯通，不拘泥于典和任何已有的出处。

说到散文诗走出多年来的唯美、抒情和密集修辞的误区，我一直坚持认为思想性是散文诗唯一的重量，也是这一文体所特有的优势。如果概括一个写作者重视思想性所需要的条件，这个条件便是：针砭、悲悯、热爱与希望。达到这个条件，实属不易。它要求写作者压低并且节制无时不在的日常情绪，要铭记天地永远悠悠，人类永远生存。用自己的作品，唤起蒙尘的理想和人性的温度。

以上是我的散文诗观，更是我一生要遵守的纪律。

2024年4月16日凌晨修订于老凤居

# 作者创作年表

1. 1984年，创作散文诗处女作《爱是一棵月亮树》，首撰"月亮树"一词。在《青年翻译家》发表后，被《读者文摘》等众多书刊选载。
2. 1989年，编译《中外女诗人佳作选》，浙江文艺出版社。
3. 1990年，由漓江出版社出版散文诗集《爱是一棵月亮树》，收录托名玛丽·格丽娜的爱情散文诗60章，在读者中产生广泛影响。
4. 1991年，翻译帕金森第三定律《幽默发达学堂》，河南人民出版社。
5. 1991年，翻译路斯·史密斯的《西方当代美术》（与柴小刚合译），江苏美术出版社。
6. 1992年，创作以母爱为主题的散文诗集《飞不走的蝴蝶》，安徽文艺出版社。
7. 1993年，翻译福赛斯的小说《敖德萨秘密文件》，台湾星光出版社。
8. 1993年，在未名湖畔创作散文诗组章《我们》。
9. 2000年，出版散文诗合集《爱是一棵月亮树》，收录《爱是一棵月亮树》《飞不走的蝴蝶》《紫气在你心头》三个专辑。中国广播电视出版社。
10. 2004年，出版彩图珍藏版散文诗集《风景般的岁月》，中国文联出版社。
11. 2006年，出版精装版《周庆荣散文诗选》，江苏文艺出版社。并在南京举办该书首发式及作品研讨会。

12. 2008年，创作《我们（二）》。在《诗潮》发表后，收入《2008年度散文诗》（漓江出版社）。
13. 2008—2010年，创作《有理想的人》《我是山谷》《英雄》《井冈山》《时间》《梦想》《义天和孝地》《尧访》《冬去春来》等，受到读者关注。
14. 2010年《诗刊》第五期（上半月）"每月诗星"栏目推出《有理想的人》散文诗12章，这是该刊此栏目首次发表散文诗。
15. 2010年，出版中英文典藏版《我们》，译林出版社。在中国社科院外文所举办首发式及研讨会。
16. 2011年，《我们》再版，软精装，附CD光盘，译林出版社。
17. 2011年，出版《有理想的人》，中国青年出版社。
18. 2013年，出任《星星·散文诗》名誉主编。
19. 2017年，出版《有温度的人》，四川文艺出版社。在成都举办新书首发式及在上海举行作品研讨会。
20. 2017年，《我们的思考永远未完成》获得"可可托海杯·第五届文学评论奖"，刊于《西部》2017年第6期。
21. 2018年，《周庆荣自选诗》发表于《诗选刊》三月头条诗人。
22. 2018年，《滴水穿石》（散文诗组章）发表于《诗刊》。
23. 2018年，《北回归线》（散文诗组章）发表于《安徽文学》。
24. 2018年，《滴水穿石》发表于《诗歌月刊》。
25. 2018年，《可可托海之秋》（散文诗组章）发表于《西部》。
26. 2018年，《春水将醒》（散文诗组章）发表于《西部》第5期头条诗人；并发表《思想在场以回报养育我们的土地》书面文章。
27. 2018年，散文诗作品入选《中国60后年度诗选》（2018卷）。
28. 2018年，散文诗作品入选《诗歌年选》。

29. 2018年，散文诗作品入选《中国文学年鉴》（2018卷）。

30. 2019年，第二届新时代北京诗歌论坛，做"从理想、远方到温度"的专题发言。

31. 2019年，周庆荣散文诗九章发表于《钟山》第2期。

32. 2019年，获得海峡·两岸桂冠诗人奖；颁奖会上做关于"家国情怀"的主题发言。

33. 2019年，全国诗歌座谈会上发言，《时代的场景需要自觉的发现及我的散文诗创作观》。

34. 2019年，《断垣上的掌印》（散文诗组章）发表于《延河》。

35. 2019年，《瞬间上升》（散文诗组章）发表于《诗歌月刊》。

36. 2019年，《静守》（散文诗组章）发表于《星星》。

37. 2019年，《新山海经》（散文诗组章）发表于《延河》。

38. 2019年，分行诗12首发表于《芒种》。

39. 2019年，散文诗作品入选《中国当代知名诗人诗年历》。

40. 2020年，《黎明的心》（散文诗组章）发表于《诗潮》。

41. 2020年，散文诗组章发表于《钟山》。

42. 2020年，《关于可能性》（散文诗组章）发表于《诗潮》第9期头条诗人。

43. 2020年，《魂的标本》（散文诗组章）发表于《诗林》第3期头条诗人。

44. 2020年，获得年度十佳华语诗人奖。

45. 2020年，《后麦子时代》（散文诗组章）入选《诗刊》"青春回眸"诗会。

46. 2021年，《抒情的逻辑性》（散文诗组章）发表于《上海诗人》第4期头条诗人。

47. 2021年，获得第十一届中国·散文诗大奖。

48. 2021年，《如此一坐》(散文诗组章)发表于《中华辞赋》。

49. 2021年，获得首届创造杯散文诗双年奖。

50. 2021年，出版《执灯而立》，四川文艺出版社。

51. 2022年，《扬子江》诗刊全年发表"观戴卫画"。

52. 2022年，《未来园》(外一章)发表于《十月》。

53. 2022年，散文诗8章发表于《中国诗人》。

54. 2022年，《一路向南》(散文诗组章)发表于《诗刊》。

55. 2022年，《初冬的鸟巢》(散文诗组章)发表于《诗歌月刊》。

56. 2022年，《抒情的逻辑性》(散文诗组章)发表于《诗选刊》第1期。

57. 2022年，《人间十影》发表于《十月》第2期。

58. 2022年，散文诗20章发表于《作家》3月号。

59. 2022年，散文诗近作选发表于《诗潮》6月号。

60. 2022年，《海水中硬骨头》(散文诗组章)发表于《上海诗人》12月号第2期头条诗人。

61. 2022年，《更好的结果》(散文诗组章)发表于《诗刊》(上半月)第11期。

62. 2022年，合集《柒人集》出版，四川人民出版社。

63. 2023年，《扬子江》诗刊全年发表"观戴卫画"。

64. 2023年，《深信不疑》(散文诗组章)发表于《中国校园文学》。

65. 2023年，《篝火》(散文诗组章)发表于《钟山》。

66. 2023年，《二元之外：戴卫和周庆荣的诗情画意》，四川文艺出版社。

67. 2024年，《二元之外：戴卫与周庆荣的诗情画意》作品研讨会在南京举办。

68. 2024年，《当代作家评论》2024年第2期推出"周庆荣散文诗评论小辑"。

**图书在版编目（CIP）数据**

凝视 / 周庆荣著. -- 成都：四川文艺出版社，2025.01. -- ISBN 978-7-5411-7061-4

Ⅰ.I227.6

中国国家版本馆CIP数据核字第2024EB8558号

NING SHI

# 凝 视

周庆荣 著

| | |
|---|---|
| 出 品 人 | 冯 静 |
| 责任编辑 | 朱 兰　蔡 曦 |
| 封面设计 | 鲁明静 |
| 版式设计 | 明想文化 |
| 责任校对 | 段 敏 |
| 责任印制 | 桑 蓉 |

出版发行　四川文艺出版社（成都市锦江区三色路238号）
网　　址　www.scwys.com
电　　话　028-86361802（发行部）　028-86361781（编辑部）

印　　刷　成都东江印务有限公司
成品尺寸　140mm×210mm　　开　本　32开
印　　张　7.25　　　　　　　字　数　150千
版　　次　2025年1月第一版　　印　次　2025年1月第一次印刷
书　　号　ISBN 978-7-5411-7061-4
定　　价　78.00元

版权所有·侵权必究。如有印装质量问题，请与出版社联系更换。028-86361795